大人の流儀 Special

a genuine way of life by Ijuin Shizuka

君のいた時間

伊集院 静

講談社

君のいた時間　大人の流儀 Special

嬉しくてしかたない

人が、出逢った誰かをよくこころに止めておく折の、その記憶に残るのは、相手が見せた表情や仕草であることが多いらしい。

そう言われてみれば、映画俳優が映画の中で見せたワンシーンや、有名なスポーツ選手なら、あざやかな勝利の時の表情、仕草がこころに刻まれ、長く印象として残るようだ。

作家という職業柄、その表情、仕草をいかに描写するかは腕の見せどころというか、大切な仕事の能力といえるかもしれない。

この文章は、今回の本の前書きだが、これでもう十回以上書き直している。六十歳を過ぎてから、こんなにひとつの文章を何度も書き直したことはなかった。

――だから無理だと言ったんだ。
編集部から、亡くなった愛犬のことをまとめて一冊の本にしたいと申し出られた時、
――それはたぶん完成しないだろう……。
と確信があった。
あれほど好きだった犬のことをスラスラと書けるわけがない。担当者にも尋ねたが、
犬のことを書いて欲しいという人は、まず犬も猫も飼ってないし、飼った経験がない。
書きはじめたが、まったくうまくいかない。
――ほらみろ、日々、共に暮らし、無言で自分に愛情を示してくれていた存在をた易く
書けるはずがない。書ける者がいたら、詐欺師である。
最初に表紙の案が上がって来た。今しがた皆さんの目に止まったものだ。
次がタイトル案で〝君がいた時間〟〝君のいた時間〟。
――どっちでもかまわんよ。
私は、なかば投げヤリであった。
この文章の冒頭に、人の印象は、表情、仕草が一番大切だと書いた。

正直、仙台の家に居れば、そこかしこに、その表情、仕草がよみがえって来る。それも何でもない時に、ふと忍び寄り、知らぬ間に己を抱きしめている。

これほど厄介なものはない。

別離は、私は人、家族で、嫌というほど経験しているから、哀しみの淵や底に落ち込まない術も知っているが、愛猫、愛犬となると、これは簡単ではない。実はこのような本、投げ出してしまいたかった。


さて、そこかしこにあふれている表情、仕草の中で、私が愛犬に対して、もっともこころを揺さぶられたのは、家内の一言だった。

「あなた知っています？」

「何をかね？」

「ノボ（愛犬の名前）ってね、彼が本当に嬉しくてたまらない時、どうしてよいのかわからなくなって、恥ずかしくなって、その場から逃げちゃうのよ」

「そりゃいったい何のことだね？」

「だから嬉しくてたまらないと、恥ずかしくなるのよ」

そう言われても理解ができなかった。

その表情、仕草を翌朝、目にした。

早朝、仙台の我が家にお手伝いのトモチャンが元気な声でやって来る。

彼女が玄関のドアの前に立つかなりまえから、ノボは落ち着かず、玄関に座ったり、そこで足踏みをしたりしている。その嬉しそうな表情、仕草はドアの隙間から覗くと、よく伝わった。

そうしてドアがカチッと開くと、前足を大きく上げ、喉の奥から絞り出すような甘えた声を上げる。そうしていざトモチャンに近づこうとして、クルリと向きをかえて家内を見る。

——来たよ、来たよ、トモチャン。

「あっ、そうなの、嬉しい、嬉しいのね」

そこでまた少し違ったトーンの声を上げる。

それを何度かくり返し、ようやくトモチャンの腕の中におさまる。

この〝嬉しくてたまらないから恥ずかしい〟のポーズは、私にとって何にもまして感動的であった。

人間以上に含羞《がんしゅう》を持つ、この犬の素晴らしさに舌を巻いた。

話はそれだけである。

これだけで、私にとって、この犬のことは十分なのである。

犬が人とまったく違う表情をしながら、人間以上に情緒にあふれていることを、この犬が私に教えてくれた。

理屈は何とでも言えるが、彼が人間以上の、いや人間ではおよびもつかぬものを持ち合わせて生まれていることを、私は見たことがある、と書いただけである。

――それがどうしましたか？

と訊かれれば、

――それ以上に何が必要なのだ？

と言いたい。

共に生きて行く上で、それ以上に大切な存在が他にあると言う奴がいれば、教えてくれ！

二〇二二年十一月

東京のホテルにて

伊集院 静

君のいた時間　大人の流儀 Special［目次］

a genuine way of life by Ijuin Shizuka contents

挿絵●福山小夜
装丁●竹内雄二

第一章

いったい誰に似たのやら

ノボと地震の被災地を訪れた際の夕暮れ

ダメな子ほど可愛い

徹夜のまま自宅からタクシーに乗り、仙台駅にむかう。

見送りに出た犬が淋しそうに私を見る。

犬は丁寧に育てれば素直に性格が伸びるから人間以上に感情が表に出る。その顔を見ると、出かけるのをやめようかと、これまで何度も思った。

外に出かける前にパジャマから外着に着替えはじめると犬の様子が一変する。

普段はパジャマで一日過ごしているのでわかるのだろう。何しろ仙台にいる時はゴルフに出かけるのもパジャマだ。パジャマショットというのが、これが夢見心地でなかなかイイ（ナ、ワケナイカ）。

犬は二匹、夕方は三匹（説明に時間がかかるのでハブク）。

一番年少の犬が私と気が合う。

東北六県で一番のバカ犬である。

ダメな子ほど親は可愛いと言うが、その気分がこの頃わかる。犬屋で最後まで売れ残ってるブサイクな犬がいると家人から話を聞き、できればその犬を家に迎えてもらえないかと頼んだ。最初は餌を充分に与えられていなかったのか（犬屋はそうして太らせないらしい）、兄チャン犬たちの餌も唸り声を上げて奪い取ろうとした。

身体の臭いもきつかった。それが半年、一年と家人が躾を厳しくして、身体もよく洗っているうちに映画の「マイ・フェア・レディ」の主役のイライザのごとき変貌をとげた（但しオスですが）。

それでもダメ犬はダメ犬で、三匹で散歩していると近所の子供に、この犬だけショボショボじゃねぇか、と言われるそうだ。犬もそれがわかるのか、この犬は我が家の人間以外にはいっさい懐《な》つかない（単純に警戒心、恐怖心が強いだけかもしれないが）。いやそうではない。散歩の途中、大型犬があらわれ兄チャン犬たちを威嚇すると、このダメ犬だけがえらい勢いでむかって行く（こういう話を聞くと何とも嬉しい）。

この犬を去勢すると家人に言われた時、私は反対した。

「どうしてですか。病気も防げますよ」

――私が下半身のことでこれだけ厄介事をかかえたり、悩んできたんだ。犬くらいは自由にヤラセテヤレ。

それが言い出せなかった。

去勢しても、夜半、人形を相手に腰を振り続けている。スゴイと思う。

――去勢しなかったらどんなになってたんだろうか。

それを想像し、腰振りを眺めているうちに、こっちの精力がこの数年で一気に減退した。

初めて哀しい顔を見た

時々、読んで愉しんでいた或る出版社の小冊子の連載『グーグーだって猫である』（大島弓子作）が終わった。主人公の猫が死んだ。十五歳八ヵ月だから長寿だろう。亡くなる前日に少し元気を取り戻し、鯛の刺身を食べたという。人間と一緒だと思った。

何だか愛着があったので、こういう終わり方は切ない。息をするのがやっとでも女主人が肉球（猫の指です）に指先を当ててやると握り返してきたそうだ。

これを読んで、バカ犬と庭に出て六月の青空を仰いだ。

昨日から地震が多い。嫌になる。

犬の目は蝶々を追って、真剣だ。

「悩みはないの、オマエ？」

声をかければ反射的に尾を振る。

「オマエ、死ぬ時はスウーッと独りでどこかに消えろよな。私も死ぬ時はオマエには姿を見せんから……」

犬は話を聞かずに蝶々にむかって突進して行った。バカだね、むこうは飛べるんだぜ。

少年の時、犬の死を二度見送った。

一度目は息を引き取る寸前で、父が犬を抱いてどこかに行った。

二度目は妹と弟、父の四人で息絶え絶えのその犬を見ていた。父が、名前を呼んだ時、驚いたように目を見開き、そのまま動かなくなった。妹が声を上げ泣き出した。弟も泣いていた。

父は私にむかって、一緒に来るように言い、二人で夕暮れの港の近くにある干拓《かんたく》地に犬を埋めに行った。持って来い、と父に言われ、自転車の荷台の犬をかかえると重いのに驚いた。犬は目と口を半開きにしていた。吠えているような怒っているような表情だった。

二人で交替で穴を掘り、埋めてやった。

土をかける前に、父はじっと穴の底の白い犬を見つめていた。ほんのわずかな時間だったが、私は初めて父の哀しい顔を見た。

二人で土を踏み固めた時、私は涙が出ているのに気付いた。泣くと父に叱られるのでよそを見ていた。

上京して二度、道端で車に轢かれた犬の屍骸を埋めた。父が普段、そうしていたからだ。父は犬に限らず、そうしていた。

話が暗くなったが、今、理由がわかった。

先日、福島の原発事故で放置されるしかなかった犬たちの屍の写真を見たからだ。

飼い主はさぞ辛かったろう。許せんよな！

売れ残った犬

夜半、仕事の手を休めて庭に出た。

雨はつかの間、上がっているが、明けようとする空は雲が厚い。

北の地はこの数日、雨である。昼間もかなり強い雨で、被災地は大変だろう。

庭の紫陽花がほどなく開花する。

今年は花の数が少ない。

何やら気配に振りむくと、バカ犬が眠そうな目をして庭に出ていた。

「いちいち起きてこなくていい。寝ろ」

この犬は私が仕事をしている間、ずっと私が見える場所で寝ている。自分の小屋で休めばいいのに離れない。

「好きなんですよ。あなたのことが。上京してらっしゃる間は元気がありませんもの」

家人は言うが、

――オスに好かれてどうするよ。

この犬、ケチなのか、バカなのかわからぬが小便、大便をなかなかしない。

家人はかなり執拗に教えているのだが、他の二匹がすんなり用を済ませるのに、自分がその気にならぬ時はテコでも動かない。

意志が強いと言えばそうなのかもしれないが、やはりバカなのだろう。

近所でもちょっとした芸なんかを覚えて、飼い主が声を出すとやおら立ち上がったり、その場を回ったりするのがいるが、見ていて痛々しい。越後獅子《えちごじし》の親方ともらわれた子供じゃあるまいし、銭も投げてもらえないのにそういう芸をして誉められ、尾を振っていたりすると、こいつは本当のバカ犬なのだ、と私は思ってしまう。

その点、この犬はそういうことはいっさいしない。食べることだけを四六時中考えていて、あとは五年間同じボールをただ追い駆けているだけだ。

人間と同じでかしこいのはツマラナイ奴だ。

私は夜中、この犬に話しかける。

「オイ、どこか締切りのない土地を知らんかね？」

「おまえ金玉取られて辛くはないのか？　何か愉しみはあるのか？」

「菅と鳩山、どっちがバカだと思う？」

言葉はわからぬがジーッと聞いてくれる。

話を聞いてくれる処が人間よりイイ。

「さて犯人は誰でしょうか、ノボル君」

今、推理小説にチャレンジしていて自分で書いておきながらストーリーがややこしくなって当人が、犯人がよくわからない。こういう時、私は独り言をよく言う。

「今回の小説、大失敗で〜す」

「何がしっとりした短編をひとつよろしくじゃい。しっとりが好きならおまえが書けよ。このボンクラ編集者メー」

その点、この犬は少し首をかしげて考える素振りを見せる。

名前はノボルという。正岡子規の幼名から取った。本家は升《ノボル》だが、こちらは乃歩《のぼる》。

子規に似てるところはひとつのことに夢中になると、そればっかりやり続けるところ。

震災から一ヵ月半余り、この犬も余震が来ると身体を震わせていた。

「私がいるから大丈夫だ」。一度声をかけて身体を引き寄せると、ピタリと震えは止まる。

ノボルは犬屋で最後まで売れ残った犬だ。家に来て六ヵ月目にパルボウィルスに感染し、身体半分くらいの血を吐き、医者はほぼダメだと言った。ところが自力で生き抜いた。

「命拾いをした犬だ。好きなようにさせてやれ」

九死に一生を得た冬、メジャーの松井秀喜選手がこの犬のために祈ってくれた。家人はそれを聞いて涙ぐみ、私は松井君に借りができた。何かの折に何かをせねばと思った。

正岡子規は野球狂だった。ノボルはボールが好きなだけだが、まあ野球派だろう。

アスレチックスの松井秀喜選手の調子がようやく上がってきて、昨日、じっくり試合を見た。名投手ハラデーに4タコだ。

「ゴジラはタコになったか……」

今しがたコロン、コロンと乾いた音が聞こえた。バカ犬の脱糞の音である。ほどなく仕事場にむかう犬の足音がする。やはりあらわれた。尾を振って私を見ている。

「ウンコしました。ご褒美《ほうび》を出せ」

私は重い身体を起こし、クッキーを取りに行き、刃鋼《はがね》のような糞を片付ける。

――なんで作家が夜中に犬の糞を片付けにゃならんの？

一緒に木槿を眺めた

夜明け方、強い風と雨に、雷がくわわって仕事場の窓が音を立てる。

アンポンタンの犬が吠える。

「地震じゃない！　ただの雷だ。いつまでもビクついてんじゃない！」

本震、余震と続いた影響もあるが、「犬も神経質になっているのよ」と家人はのたまう。

「そんなことはわかっている。でもそれは三月、四月の話だ。いつまでも地震の話をしててもしようがないだろう。ましてや犬のことだろう。人のように扱うんじゃない」

けなげで、可愛いが、犬は犬である。

盆会の朝の強い風と雨はしばらくやまなかった。いちいち吠えられては仕事にならない。

また雷が落ちて、また吠え出す。

「それ以上吠えると外で木にくくりつけて、荒療治するぞ」

犬のところに行き怒鳴ったが通じない。

――いい加減、日本語少しは覚えろよ。夜中に私とあれだけ話をしてるんだから……。スピードラーニングとかいうのをやらせてみるか？（あれで本当に英語がしゃべれるのかね。ヒアリングは少しはましになるだろうが、ベラベラは言い過ぎだろう。私は無理だと思うぜ）

それで犬と庭に出た。

「ほら、雨が降って、雷が……」

そこまで言いかけて言葉を止めた。

雨に煙る庭に、木槿《むくげ》の白い花が風に揺れながら咲いていた。別称〝二日の花〟と呼ばれて二日の間も咲いていられないはかない命の花が雨風に負けじと咲いていた。

――たいしたものだ。

美しいということは強靭でもある、とあらためて思った。

「おまえが吠えなきゃ、見逃すとこだった。ありがとうよ。おまえ妙に運がいいよな」

――私と同じで運だけでやってるんだナ。

しばらくの間、犬と木槿を眺めていた。

いったい誰に似たのやら

この二十年近く、私はゴールデンウィークには、その少し前から海外に出ていた。

理由は簡単で、国内にいるとどこも混み合っているし、店がほとんど休むからである。

ところが海外も日本人の観光客だらけで、列をなして歩く姿は醜態にしか映らない。

どうにかならないのか、と思うが、これは日本人の気質の問題なのである。

別に海外でなくとも日本人は仲間とぞろぞろ歩いていると安堵するらしい。ましてや言葉の通じない海外なら余計である。

大人がこうであるから、子供は成長してそれに倣《なら》うのは当然だろう。

今年もイタリアに取材に行かねばならなかったが、中止にした。

疲れが出ているので、のんびりせよ、と身体が言ってるのが聞こえたからだ。

さぞ、私のバカ犬は喜ぶことだろう。

東北一のバカ犬のノボは、私が帰宅するとほとんど睡眠を取らずに、そばで私を見張っている。普段は夜の八時には寝ている犬が、目をランランとかがやかせている。

「おまえ寝たらどうなんだ」

「いや、お気遣いなく。こうして見てるだけで愉しいっすから」

「そんなわけないだろう」

私が上京する気配がする日は、朝から私のそばを一秒でも離れない。トイレまでついてくる。

それがタクシーが迎えに来て、私が服を着換えて玄関に立つと、態度が急変する。

私が、行ってくるぞ、と声をかけても、いっさい反応もしなければ、私の顔も見ない。

それでいてタクシーが家の角を曲がって消えた途端、家に入って、私の脱ぎ捨てたパジャマの上に仁王立ちして、ウォウォ〜ンと遠吠えを続ける。

「この野郎、俺を置いて、どこへ行きやがったんだ。ウォウォ〜ン」ってとこだろう。

ノボの兄貴や、親友の犬は、ノボの一風変わった主張を奇妙なものでも見つめているような顔で眺めているらしい。

一時間、二時間と続く遠吠えを許している家人も、最後は新聞紙を丸めた説教棒を出してきて、遠吠えしているノボの後頭部をいきなり、バシーンと叩く、それっきり遠吠えはおさまるらしい。

飯を食べ終わると、自分のボールをくわえて来て、家人に投げろ、と吠える。

一時間でも、二時間でも続けるという。

家人が犬を見ながら呆きれ顔で言う。

「ノボ、おまえは本当に夜になると元気で、遊ぶことだけは一人前以上だね。いったい誰に似たのやら、まったく」

いつか別れが来る

七年前の秋、スコットランドのちいさな島へ、モルトウィスキーの取材に出かけたことがあった。

アイラ島。スコッチを愛する御仁には〝聖地〟とまで言われている島である。

グラスゴーの空港から小型飛行機に乗って島に渡った。雲の合い間から大小いくつもの島が見え、やがてアイラ島が見えるとなんと、これぞリンクスコースというゴルフコースが真下にあった。

ウィスキーの工場見学じゃなければすぐにでもコースに出たい気分だった。

ウィスキーの蒸留所と言うが、大半は密造酒造りに励んだ名残りがあるのが普通である。

だから蒸留所は辺鄙な場所にあるものが多い。

見学を早々に終えて、海を見渡せる工場の裏手の丘に独りで登ってみた。

北海からの海風が寄せ、足元の草が揺れ、なかなかの散歩道であった。

――てっぺんまで行って煙草を吸えばさぞ美味かろう。

私は旅に出た時はまず訪ねた街の高い場所に登り、そこから街の全容を見る。

地図をひろげて、

――さてどこから攻めるか。

などと検討する。バイキングはどちらから攻めてきたのだろうか、と海を眺めていると、草の中に光る石が見えた。

――何だろう。

と草をどけて石を見ると、そこに何やら動物の足跡が刻んであった。ハリウッドのチャイニーズシアターの前の道にあるスターの手形と同じ感じだ。骨をかたちどったものがあり、そこに〝OUR BELOVED PET SANDY 14½YEARS OLD〟と文字が刻まれてあった。

――犬の墓だ！

サンディーは十四歳半で生涯を終えたのか。よほど愛されていた犬に違いない。おそらくこの丘へ飼い主と毎日散歩に来ていたのだろう。

犬という動物はいったん相手を主人と決めると限りない忠誠をつくす。そのけなげさは人間よりもひたむきである。

私は日本にいる我が家の犬のことを思い浮かべた。水平線のむこうに、私のバカ犬の悪戯好きの瞳があらわれた。

——あいつ、どうしてるかな。また兄チャンのドッグフードまで食べて家人にこっぴどく叱られてるんじゃないだろうか。

バカ犬とはいえ、犬の姿があらわれると、愛犬を放って旅に出た自分がつまらない者に思えてくるから妙なものである。

我が家には三匹の犬がいて、私を支持してくれているのは一番最後にやってきた犬である。名前をノボル（乃歩）とつけた。

家人は最初、猫を買いに行き、そこで一番上の犬（亜以須《アイス》）と出逢った（彼女曰《いわ》く、それは運命の出逢いだったらしい）。その日から家の様相が一変した。これほど動物の世話をする女性だったのかと驚いた。もう一匹は近所にいて、飼い主の奥さんが我が家の手伝いをしてくれるようになり、これも愛犬（ラルク）となった。

ところが見ていてあまりに家人とアイスの仲が良いので私は心配になり、もう一匹飼うように提案した。

最初、海外にいた私のもとにアイスを飼いたいと申し出があった時も、私ははっきりと言った。

「君が生きている間に犬との別れが来るぞ。その時に耐えられるのか」

家人は決心したように、大丈夫ですと答えた。それでも一匹の犬にかまい過ぎるので、もう一匹を飼うように命じた。

最後まで売れ残っている犬が一匹いると言われた。

「それがいい。そいつを連れて来なさい」

それがノボで、今や東北一のバカ犬である。

この犬がある時から異様に私になつきはじめた。何のことはない家人に内緒で何度か餌をやったためだ。

仙台に帰ると私のそばを離れようとしない。元気過ぎて、ヘルニアになり、病院へ通い、痛みが出るとへたりこんだ。その様子を見ていると痛々しい。痛くとも私の姿を見るとしっ尾を振り嬉しさを伝えようとする。

——いいからじっとしてろ。

夜半原稿を書いている間はずっと一緒にいる。疲れ果てて眠りはじめると、その頬を指で撫でながら、いつか二度と目覚めない時が来るのだと思う。

家人はおそらくアイスとの別れに動揺し、しばらくは悲嘆に暮れよう。ラルクの飼い主夫婦も同様だろう。私とて三匹のどの犬との別れも心身をゆさぶられよう。

いかなる別れになるのか、今は想像はつかないが、それを受けとめるのも生きものと暮らすことなのだろう。

自分が人間であったことを悔むかもしれない。それでもこうして今、一人と一匹で深夜いることが何より大切なのだろう。

別れが前提で過ごすのが、私たちの〝生〟なのかもしれない。

出逢えば別れは必ずやって来る。それでも出逢ったことが生きてきた証しであるならば、別れることも生きた証しなのだろう。

たぶんわかっているのだろう

夜半、仕事をしていて足先が冷たくなったので同じフロアーで休んでいる犬の様子を見に行った。

まるまった背中に手で触れると、少し冷たかったので暖炉に薪《まき》を入れることにした。

やがて薪が火をつけはじめると、犬も起き出してかたわらに座った。

燃え盛る火を見ていて、久世光彦のことを思い出した。

——久世さんはどんなこころ持ちで暖炉の火を見ていたのだろうか。

若い頃に書いたつまらぬ作品に『乳房』という短篇集があり、久世さんにその解説を依頼したら、『私は伊集院がいつ死んでもいいと思っている』との一節があり、その時はずいぶんな文章を書くものだと思っていたが、今夜もし、久世さんの本の解説を依頼されていたな

ら同じことを書くかもしれないと思った。

先輩諸氏の、しかも愛情を持って後輩に告げたり、書かれたりするものにはきちんとした理由、心情があるものだと、この頃つくづく思う。

隣りで、相手をしに来てくれたのかとしっぽを振っているバカ犬は、私がそんな感情を抱いているとは露とも知らない。

いや、わかっているのかもしれない。たぶんわかっているのだろう、とこれもこの頃思いはじめた。

二階で家人と寝ている賢い犬はそういうことを思わなくて済む。どちらがいいのか。まあそんなことは犬のことだから知ったこっちゃない。

風に吹かれて

仙台の家の庭にクレマチスが咲いた。

他のバラもいっせいに開花した。写真で見る限り、花たちには何年か振りの好運な年のようだ。

今朝早く、家人からその花の写真が届いた。

東京のホテルで早朝から一人仕事をはじめている自分にいささかうんざりしていた。

――何かもう少しラクな仕事に就けなかったのか……。

「伊集院さん、六十歳を過ぎてよくそれだけの量の仕事をしますね。よほど文章を書く仕事が好きなんですね」(バァヤロー、こんなきついこと好きでやってるわけないじゃねぇか)

こう愚痴ることはあるが、それ以上は嘆かない。なぜなら私は世の中にもっと厳しく辛い

仕事があるのを知っているからだ。
東北一のバカ犬とせめて半日、心地好い風に吹かれて過ごせればと思うが、実現したことはない。たぶんそれが生きるということなのだろう。
「ノボよ。いい風が吹くね。悪いが冷蔵庫からプレモルと京都の〝おいと〟の小鰯の残りがあるから持っておいで。ついでにおまえさんのドッグフードもいいよ」
なんて言って一緒に、
六月を奇麗な風の吹くことよ
などと好きな句を口ずさんだら、夕方死んでもかまいませんよ、私は。
それが死ぬまでできぬのが大人の仕事、生きるということなのだろう。

犬には犬なりの考えがある

少し前の話だが、夜明け方に積年の仕事が一段落して、雨の気配の残る庭に出た。東京では猛暑日と報じたが、北の地はその数日の夜は冷え込んだ。

木槿《むくげ》の花が霧雨のような雨の中で開花していた。夜明け方に見る木槿の花は、はかなげで美しい。別称〝二日の花〟と呼ばれ、二日も咲き続けられない開花期の短さが、いっそうこの花に憂いを抱かせるのかもしれない。

雨中に咲く花をじっと見ていたら足元で何かが動く気配がした。

犬である。私が帰仙している間はいつも休む二階のケージではなく、私の仕事場のある一階で休む。ソファーの上で休んだり、机の下で鼾《いびき》を掻いていたりで、この犬には犬なりの、考えがあって寝所を移しているのだろう。

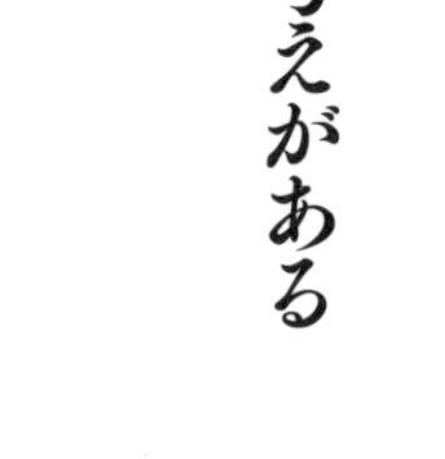

この頃は少し頭も使い出したのか（普段は東北一のバカ犬と呼んでいる）、私の東京滞在が長いと、どこからか私の靴下の片方をくわえてきて、それをかじったり、頬ずりをするらしい。その姿を家人が写メールで送ってよこす。こちらは仕事で上京しているので、こういうのはやめて欲しい、と思うが、まあいい。

「起きたのか？　大きな鼾を搔いてたな。あれは何か夢でも見てるのか」

私が声を掛けるとじっと顔を見返す。

犬にしては比較的人間の話を聞く。おそらくこの十年近く、夜半、彼とずっと話してきたからだろう。

「あれは木槿の花だ。昔、教えたよな」

抱きかかえて木槿の花のそばに寄って匂いをかがせたが興味はないらしい。

夏、秋の星座の美しい夜は、空を指さして星座の話をしてやったが、それも覚えちゃいないんだろうな。

庭の軒下の椅子に座って木槿を見直した。

北の夏は短い。花はいっせいに咲き、風が変わったなと思うと秋である。

「ノボ、君は何度目の夏なんだ？」

そう言って数日前にこの犬が誕生日で肉を家人から貰っていたのを思い出した。

あらためて犬の顔を見た。尾を振る。

家人は野獣のようなノボを毎日叱りつけ、叩き、一人前にしてくれた。

「君、十歳になったのか。よく生きてくれたな。母さん（家人）とトモちゃん（近所の人妻）に感謝しなきゃいかんぞ。散歩に連れて行ってくれて食事を用意してくれて。成犬にしてくれたんだから。彼女たちのためにもできる限り長生きするんだぞ」

その時、グラッと来て地面が揺れた。

ノボが吠えた。あの震災をくぐり抜けたのだから仕方ない。抱くと少し身体が震えている。「大丈夫だ。私はここにいる」。奇妙なものでそうささやいてやると震えは止まる。

——こんな雨の夜にまた大きなのがやって来たら大変だな……。

北の人は胸のどこかに地震がまた来るのではと思っている。犬は話せない分だけ辛かろう。仕事場に一緒に戻ると壁はまだ震災でのヒビが入ったままで工事は来ない。

——何が復興だ。何が原発再開だ。

バカ言ってんな。足元をよく見なさい。

仕事が一段落と最初に書いたが、執筆は三年、取材は何年したろうか、ともかく十年近く関ってきた正岡子規の小説が脱稿した。

——何だか上手く行ってないな……。

まあ小説だからそうそう上出来であるはずはない。

「ノボよ。ノボさん（小説のタイトル）塩梅悪い感じなんだけど、どうするよ」

名前を二回も呼ばれたせいか飛び跳ねた。

——犬はイイナ。小説書かなくていいし。今度生まれたら、犬がいいか……。

すると家人がノボを叩いてる姿が浮かんできた。何度言ったらわかるんだ、このダメ犬が、バシッ！　バシッ！

——やっぱやめよう。

待て！ 待てだぞ

東京暮しが少し長くなると、仙台のバカ犬のことを思う。

――どうしてるんだ、あの犬。

時折、仙台に電話を入れて様子を訊く。

「どうしてる、あいつ？」

「今、ガムを一生懸命食べてますよ」

――何だよ。いつ聞いても何か喰ってやがるんだナ。

「ノボ君、作家さんから電話だけど出てあげたら」

――電話に出るわけないだろうが。

「今、忙しいって」

昨日も八重洲の書店でサイン会があり、

――あいつが本をくわえて来てくれたらな。

と考えていたら、相手の名前を書き間違えてしまった。

私が仙台に戻ると、バカ犬は飯の時以外はそばを離れない。私が庭に出ると、当然のごとく庭に出る。私はよく夜明け方の庭に出る。その時刻は花が開花する。木槿《むくげ》などは蕾《つぼみ》から花の先が動きはじめているのを目にすると、生命の尊厳のようなものが伝わる。書を練習するのも、この時刻が多い。朝一番の水で墨を磨《す》りはじめると良いという話を聞いたからである。

銀座の四丁目の裏手にT政はある。

三代続く焼鳥屋だが、焼鳥屋が三代も続くというのはよほど貧乏性の家系ではと思ったりもするが、私は二代目と気が合って、大事にしてもらっている。焼鳥を焼く以外は、鮎と烏賊《いか》を釣りに行くしか能がない男なのだが、性根、気質は一級品である。

その二代目が古稀を迎えるというので、以前から書いていた拙い字をよこせと息子が言ってきた。暖簾をこしらえるらしい。それで先週、その暖簾ができたというので見に出かけた。字はひどいものだった。恥はかき捨てと言うが、やはり嫌になった。

同じように湯島の天神下に、今はもう亡くなったが九十二歳の誠子さんに言われて色紙を書き、表に出してくれるな、と申し出たが店の壁に掛けてある。これも見る度に嫌になる。

——でもこの程度がおまえだろうよ。

と私は自分に言い聞かせる。

二十歳を過ぎた頃に、横浜で働き（学生でしたが）、たまに渋谷へ出て遊んだ。その折、兄貴分の男に言われた。

「いつ死んでもいいようにしておけよ」

人生これからという時、そう言われると安いことはできなくなる。

今思えばいい言葉だったと思う。

今死ねば、バカ犬のことが気がかりだ。私は仙台の家を出る時、バカ犬に言う。

「待て！　待てだぞ。私は帰って来る」

それを言われて、五十数年前、南極でタロとジロはひたすら帰りを待ったのである。犬はけなげである。その忠誠心において一度何事かを告げられると全身、こころのすべてでそれを飼い主のために守る。

今までつき合った女たちの大半に犬の爪のアカを煎じて飲ませたい。

私のほうが救われている

我が家のバカ犬の背骨の具合いがかなり悪くなった。

八月の初旬、十日程、仙台で仕事になり、その夜中じゅう、かたわらで休んでいるバカ犬の背中、左足をずっと揉んでやっていた。

初めは身体に触れただけで、目を剥いていたのだが、どうも善意でしてくれているとわかったのか、数日したら、私の指先が触れると眠っているのに左足を宙に浮かせるようになった。

その態度が、どこか横着で、私が手を伸ばすと、

「ほらよ。揉め」

というふうに見えた。

「おまえ、誰が揉んでやってると思っているの」

と以前なら言ったが、今回は言わない。

バカ犬も歳を取ったのである。

人間の年齢なら、八十歳を越える。

バカ犬の兄貴のほうの犬はもっとだ。

こちらは二年前くらいから耳が遠くなって、背後から声をかけても、じっと庭先を見ているようなことが増えた。

最初はそれを見て笑っていた家人も、この頃心配そうに兄貴犬（アイス）を見つめている姿を見かける。

私も兄貴犬と一緒の時は老いた姿を見ていて、言いがたい感慨を抱く。

これはおそらくどの飼い主も同じ経験があると思う。

我が家に、飼い主の家に来たばかりの頃の、幼く、若く、何をしてもあいらしく映った仔犬の姿である。

一匹の犬（猫でもいいが）が家の中に入っただけで、これだけ家の中が明るくなり、話がはずむようになったことを、初めてペットを飼った人たちは一様に驚き、妙なことだが職場、学校にいる時でさえ、今頃、あいつはどうしているだろうかと、あの愛嬌のある、まるで自分の子供（兄弟でもいいが）のようなペットの姿を思い出すのである。

どうしてそんな素晴らしい能力を彼等は持っているのだろうか。

それは彼等が人間を信頼し、いつも自分（人間のほうですよ）のことを忘れずに考えてくれているように思うからである。これが人間（たとえ家族でも）であったらそうはいかない。一見忠実に見える犬たちの様子は、人間に安堵を持たせ、やがて彼等へのいつくしみが湧いてくる。

人間と違って無償の愛情をくれている（実際は餌や糞《ふん》の始末はしているが）ように思えるのである。

まあこんな一般論はどうでもよろしい。

御託を並べても、一頭の犬（猫でもいい）と一人の飼い主の間に起こったことは一言で言いあらわせないほど、ゆたかで、愉しく、時に哀しいものなのである。

斯《か》くいう私も、バカ犬とは呼んでいるが、この犬に何度も救われている。まあ面とむかって礼は言わぬが（相手は東北一の愚犬であるから）、少し肉を多く与えたこともある。

夏の深夜、背中、足を揉んでやるのも、愚犬への感謝の（いや愛情と呼べるかもしれない）

気持ちからである。これが家人が背骨の調子が悪かった場合、とてもじゃないが深夜まで身体を揉んでやれる自信はない。

私の姿を見つけると、あんなに勢い良く走って来た相手が、ただシッポを振り、どうにか嬉しさを表現しようとしている姿は切ないものである。

さらにその切ない感情の先には別離がある。

これが飼い主のこころに覆いかぶさる。

生きている限り、別離があるのは仕方のないことだが、それでも切ない。

だから今のうちが大事な時間となる。

あの大震災直後、余震におびえる二匹の犬を抱いて、「大丈夫だ。わしがいる」と何度も言ったが、あれは実は、犬たちに私が抱かれていたのかもしれない。

第二章

運命の出逢い

私の匂いのする靴下を
どこからか探し出してきた

あいつ、どうしてるだろうか

東京の滞在が長くなると体調がおかしくなる。

私は体調を崩しても、医者にかからないし、薬も飲まない。部屋の電灯を消し、暗がりでひたすら休む。じっとして身体の中から疲れや悪いものを追い出す。

昼、夜、関係なしに、一時間でも、三十分でも目を閉じて横になる。

うつらうつらをくり返していると、夢を見る。その夢に必ず、東北一のバカ犬があらわれる。夢というものは妙である。

バカ犬が私の靴下を嚙むと、痛ッ！　と思わず声を出す。指を嚙んだまま振り回している。やめろ、と言っても聞かない。

「痛いからやめなさい。やめろっと言ってるだろう」

しかたなく犬の口に指を入れて嚙んだ足を外すと、親指がない。私はあわてて犬の喉の奥に手を突っ込み、まさぐる。犬も必死で抵抗する。犬がむせる。私の手を嚙む。それをくり返しているうちに、目が覚める。

暗い天井を見てつぶやく。

「あいつどうしてるだろうか……」

足の親指を確認しながら犬の顔を思い出す。

明日は我が身

ひさしぶりにゆっくり仙台で過ごせた。早朝から仕事をしていると、私のバカ犬の兄貴分が、突然、仕事場に入って来て、私の足元に身体を寄せて来た。

珍しいことである。飼いはじめて十三、四年になるが、こうした態度は二、三度もない。

「どうした粗相《そそう》でもしたか？」

私が言ってもただ身体を寄せるだけであるが、急に前足で私の足を掻いた。

「何だ？　オシッコでもなさるか？」

私が犬の顔を見ると、早足で庭へ出るガラス戸へ行きガラスを掻き出した。

私は筆を置き、ドアを開けた。犬は小走りに庭の中央へ出た。そこでじっと私を見た。

「何をやってる。わしを見てもしょうがないだろう。早く済ませろ。新聞原稿が落ちる」

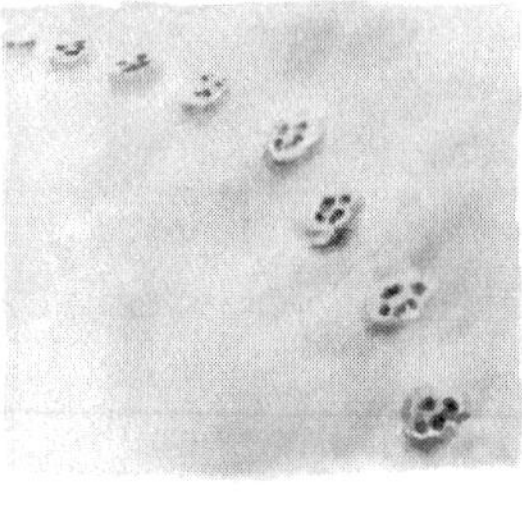

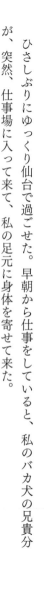

それでもなおじっと私を見ている。

するると後方で家人の声が響いた。

「ワアッ、ワアッ、やられたー」

振りむくと玄関近くの絨緞を家人が見て、目を剝いている。

――そうか、小水を撒いたか。

その声が犬にも聞こえたのか、さらに強い視線で私を見ている。何やら痛々しい。

もう十五歳に近く、家人も、私も、この犬の尿気に気を配っているが、犬が信号を発しても気付かぬ時がある。

十数年、粗相がほとんどなかった犬が、庭の中央で救いを私に求めている。

「わかった。母さんには一緒に謝ってあげるから、もう入って来い」

手招いても来ないから庭に出て抱き上げた。

――おまえのせいじゃない。歳を取れば皆そうなる。

ところが家人は許さない。彼女曰《いわ》く。今怒っておかないと、これが当たり前になります。

そりゃそうだが、あまり怒りなさんな。当人も反省しとるんだし。

犬の姿は、明日の我が身である。

二年前から、この犬は耳が遠くなった。それまで何なく上がれていた庭のテラスの段差が、ヨイッショとはずみがいるようになった。老いたか、という言葉で片付くものではない。その様子を見る度、仔犬の頃、ボールのように転がりながら庭を駆けめぐっていた日々が浮かぶ。

遠い日、我が家の犬が亡くなると、父が一人で遺骸を自転車の荷台に乗せ、どこやらに埋葬に行った。或る時から、私を連れて行くようになった。二人して海岸近くの原っぱに穴を掘って、遺骸を底に置いた後、父はしばらく愛犬をじっと見ていた。少年の私も唇を噛んで同じようにした。すると仔犬であった頃の可愛い姿や、淋しさで吠えていた姿、花火の音に逃げまどう姿……などがいちどきにあらわれた。

或る時、帰り道で、父の漕ぐ自転車の後方で訊いたことがあった。

「シロは土の中で腐るんじゃろうか？」

「いらぬことを言うな。土に返してやればそれでいいんだ」

父は怒ったように言った。

この頃、あの時の父の心境を考えることがある。

忙しくて家に姿がないほうが多い父であったが、しばらく家にいる折、夜半、父が帰宅すると犬たちが（五、六匹いた）一斉に吠え立てた。私は深夜、父と犬の様子を縁側の隅で寝間着姿で覗いたことがあった。

迎えに出た母が鍋を手にして、その鍋から父が犬に与える肉の付いた骨を手にして、一匹一匹に食べさせていた。犬たちは、私がそれまで聞いたことのないような甘えた声を上げ、激しく尾を振り、父の足元で腹這いになったりしていた。

「そうか、シロ、そうか、チビ……」

と父は一匹〱の名前を呼び、犬の背やお腹を撫でたり、叩いたりしていた。

――相変らず、乱暴だナ……。

そう思ったが、犬の様子が私たち子供に対してのものとまるで違っていた。

今は私が帰宅する度に、どんな深夜でも玄関で待っている東北一のバカ犬の、あの甘えたような声と瞳に、妙な安堵といつくしみが湧く。

私は二匹の犬に、その日が来たら、近くの山へ埋めに行こうと思っている。

家人はそれを許すまい。墓など立てるかもしれない。スコットランドのアイラ島で、犬の墓碑を見たことがある。骨の絵柄と名前があった。海の見える岬の草むらである。

今食べたばかりだろう！

銀座の贔屓の小料理屋のO羽の、花子さん（ネコ）が、突然、亡くなり、女将は悲嘆に昏れた。数年前に太郎（ネコ）との別離があったので、慰めようがない。しかし私は言う。

「里親を待ってるネコはゴマンといる。あんたが逢いに行けば、待ってるはずだ」

それで週末、女将は出かけた。偉いナ、と思った。太郎、花子への慕情はしまって、待っているものがあれば出かけると決めたのである。抽選になるそうである。いい子が女将の目を見返してくれればいいが……。

それにしてもネコ党はどうして、あんなにネコがいいんだろうか。

口にはしないが、私は連中が苦手だ。

じっと見ていられたりすると、何を考えてんだかわからなくて気味が悪い。

第一、呼んだって来やしない。

――それがエサをもらってる人に対する態度か！　礼と言うものを知らんのか。

その点、東北一のバカ犬のノボなんぞは偉い。原稿の締切りが迫っていようが、平気で仕事場のドアに体当たりを続ける。私はドアを開けて怒鳴る。

「今、忙しいって何度言ったらわかるんだ。メシは今食べたばかりだろう。バカモン！」

それでも尾を振る。偉いネ、オマエハ。

ふいに切なくなった

楽しくも、切なくもあった時間だった。

仙台へ帰っていた或る午後、家人は用事があって外出し、私と親しい東北一のバカ犬も病院へ検診に出かけた。

珍しく、私と、家内の犬の二人、ではなく二生物になった。彼はリビングに手持ち無沙汰に居た。私は仕事が徹夜になり、仮眠を少し取って起き出していた。

「よう、元気にしてるのか。どうだ体調のほうは、いいのか」

私は犬にむかっても、普通に人に接触するように応対する。相手が理解できていまいがかまわない。少年の時から生き物にはそうして来た。

犬のほうは、私の顔をじっと見たままだ。この頃、そんなふうな表情をしはじめた。数年

前までは、私はまったく無視されていた。それはそれで私は何とも思わない。相手は犬なのだから。

なぜ私を無視したか。それはこの仙台の家で一番偉いのが家人で、二番目が自分と思っているからである。私と、バカ犬は犬外というか、圏外で、どうでもいい存在だった。

名前は亜以須《あいす》という。十五歳である。家人は猫を買いに行き、仔犬の彼と出逢った。〝運命の出逢い〟と彼女は呼ぶ（よくある話ですナ）。家の中は一変した。好奇心の旺盛な犬種だから見ていて三、四歳の子供のように面白い。

「いつから外で飼うんだ？」

「あなたは、この雪の中、外で寝ますか？」

家人は持って生まれた性格が神経質で、些細なことで沈みがちなところがあったが、一匹の赤児の襲来で、見る見る丈夫になった。運動神経の良い犬で、夕刻のゴルフ場で散策をするとバンカーの中を跳ね回っていた。お蔭で私はバンカー均《なら》しが上達した。

犬に親友、ラルクができ、その飼い主の一家とも親しくなれた。天使のごとく幸運を連れて来た。

犬のために庭のデッキに階段を付け、鋭角なテーブルの角に丸味をつけた。その階段もピョンと二段飛びで駆け上がる。

私が居間で本を読んでいると、背後で音がした。見ると庭に続くドアを手でこすっている。トイレに行きたい、という合図だ。私は立ち上がってドアを開け、犬が小用を済ませるのを待った。犬が戻って来た。そこで思わぬシーンを見た。低い階段を登り切れないのだ。体重を前にかけ、二、三度挑むが、ダメだ。そう言えば家人が、大声で、ガンバレと言っていたのを思い出し、私も大声で（すでに耳が遠い）同じことを言った。犬はその声に押されたのか、一段目を登った。次の二段目で疲れたのか、少し休んでいた。私には彼が自分の老いに戸惑っているようにも見えた。

「オイ、亜以須。来い」

私が大声で言い、手招くと自らに気合いを入れるように起き上がり、何度か苦戦してこちらにやって来た。肩で息をしている。

――今はそれが君の日常か……。

少し一匹と一人で話をした。

夜半、仕事をしていると、私のバカ犬がイビキをかきはじめた。若い時にはなかった（十二歳）。歳を取ったのである。

仕事を終え、待機していたバカ犬と寝所へ行き、よほど眠かったのだろう、すぐにまたイビキをかきはじめた。

しばらく犬を撫でながら、昼間見た兄貴の犬の姿がよみがえった。今はまだ元気な犬も同じことが起きる。そうしてやがて立ち去って行く。人間の何倍もの速さで生を歩んでいるのだから、その日はすぐそこにある。

彼等が若くて元気な頃は、想像もしなかったことである。家人の大切にしていたものを喰い千切ったり、粗相をした悪戯好きの姿は遠い昔のことである。

ふいに切なくなった。私にしては思わぬことである。二匹に対して、妙ないとしさが湧いた。まさか自分の感情が、こんなことで揺れるとは思わなかった。

私は少年時代、二度、犬の死を見送った。泣きそうな顔をしている私に父は言った。

「泣くな。犬は人より早く死ぬんだ。犬ごときでみっともない顔をするな」

そう言った父の目も濡れていた。

二匹とも、二人で原っぱに埋めに行った。穴を掘り、土をかける前に父はじっと犬を見下ろしていた。

「むこうへ行きなさい」

そう言って父は土を犬にかけた。

準備をしておこう。君たちが去った後、哀しみの淵に長く佇むことが起きれば、何のための出逢いだったのかわからなくなる。

生きものであれ、人であれ、別離のこころの持ち方を備えておくことは礼儀である。

どこ行ってたんだよ

家に着くと、バカ犬が吠えて迎える。

「どこへ行ってたんだよ、このバカ。ワン」

着換えながら、私の脱いだズボンを嚙み千切ろうとする犬に、それ買ったばかりだぜ、と言うが通じない。

夕食を摂り、バカ犬と庭に積もった雪を眺める。

「どうだ身体のほうは？　痛みは消えたか」

「作家、おまえ少し痩せたか？」

「まあな。いろいろあるんだよ、人間は。そう言えば兄ちゃん（犬のこと）、喉にガムつまらせて大変だったらしいな」

「ああ、一巻の終りかと思った」

「ほう、そんな言葉知ってるのか」

雪が降り出した。暖炉に薪《まき》をくべる。

パチパチと薪が爆《は》ぜる音がして、私も犬も火の勢いを見ている。

作家の杉本章子さんが亡くなってもう何日になるのか。競馬の名編集者だったS沢が亡くなってどのくらい過ぎたか。

暖炉の火を見ていたら久世光彦を思い出した。生きていればいろいろ楽しかったのに。

炎のむこうに立川談志師匠の笑顔が浮かんで来た。独演会にはもう行けない。

「今夜はひさしぶりにイー兄ィ（私のこと）が来たんで、芝浜をやるか」

犬がパジャマの裾を噛む。

「何だ？　叱られるぞ」

「おまえ明日、誕生日だろう」

「大人の男に誕生日なんぞあるか」

運命の出逢い

東京での仕事が長くなると、バカ犬はどうしているだろうか、と思う。

東京の常宿の部屋のデスクには、家人が撮影し、大小の額に入れた写真が置いてあるのだけど、本物のバカっ振りには、とてもじゃないが、かなうはずがない。

――今頃はもう寝てるんだろうな……。

夜半、東京で仕事をしている時に寝顔を思い出して、どんな夢を見ているのか、と思いながら、自分もそろそろ寝るか、とベッドに入る。

私が仙台の家で不在の時は、私がいつも座っているソファーに独り飛び乗って、じっとしてるらしい。以前は、家人、お手伝いさん、兄貴（犬です）と友だち（これも犬）と居間で一緒に騒いでいたが、この頃は書斎でぼんやりしているらしい。

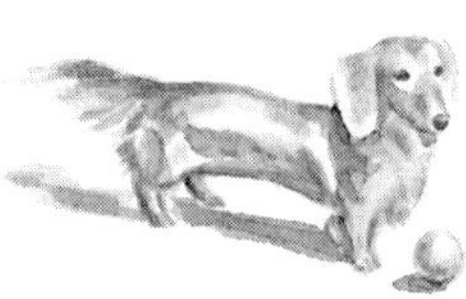

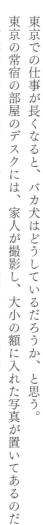

歳を取ったのだろう。

「あなたの匂いがする場所がいいのよ」

家人にそう言われれば悪い気はしないが、彼の半生以上の時間はすでに過ぎているから、なるたけ一緒に居てやりたいが、こちらも生活があるから仕方ない。

いっときひどかった腰の具合も、騒がなくなってから痛みもやわらいでいる。何《なん》にでも興味を持ち、家の中でも庭でも、走り回っていた犬が音無《おとな》しくなっている姿は、淋しくもある。

バカ犬に似ている犬を、一度も見たことがない。同種の犬たちの写真がたくさん載っている本の中にも一匹も似た犬がいない。

嗅覚と聴覚がすこぶるすぐれている。

お手伝いさんがやってくるのを、十分位前には察知して吠えはじめる。家人はお手伝いさんの車のエンジン音がわかると言うのだが、そんなことがあるのだろうか。

ともかくよく吠える。遠吠えをする時などオオカミのようである。ケージに入れられ、外に出せと吠えはじめると、夜から朝まで吠えている。

一度、体調が悪く入院させた時、病院のケージで朝まで吠え続け、看護の女性から電話があり、他の犬が眠れないので引き取りに来て下さい、と言われた。帰って来た時はさすがに声が嗄れていた。

「おまえ、他の犬を寝かせなかったんだって、やるもんだな」

運動神経は半端ではない。近距離からボールをかなりのスピードで投げつけても、すべて一発でくわえる。

――この能力、何か役に立たんもんかナ。

考えてみたが何の役にも立たない。

私の話はよく聞く。夜中、仕事場の床に寝ているバカ犬に、オイ、と声をかけるとすぐに目を開け、何だ？　という顔で、それから話すことをじっと聞いている。

「松井秀喜と松山英樹の共通点がわかるか」

バカ犬は小首をかしげる。

「すぐに頭をひねらずに少し考えてみろ」

同じように小首をかしげる。

「ブッー！　時間切れだ。どちらも尻《ケツ》がデカイ。バッハハハ」

私が笑うと、キッチンに行こうとする。

「こんな夜中に食べるものを出すわけないだろうが、じゃ次の質問だ。我が家で一番偉いのは誰でしょうか？」

「一《いち》、アイス君、二《に》、ぐうたら作家、三《さん》、東北一のバカ犬、四《し》、二階で寝ているオバハン」

「ワン」

——何だ、わかってるのか。

先日、伊勢神宮へ行き、バカ犬にとてもよく似ている犬を見て、追いかけたが、見失った。ひょっとして兄弟かと思ったほどだ。

「ノボは滋賀県で生まれたのよ。妹が二匹とお兄さんが三匹だって」

「本当かね。滋賀県か……」

私はこの犬はどこか夢の国から地球に舞い降りて来たのではと思っていたので、滋賀県というのに実感が湧かなかった。

静かにしている彼を見ていると、飛び跳ねていた時間がいとおしくもあり、切なくもある。人の子でも、バカな子ほど可愛い、と言う。飼い主は誰でもそうだが、出逢いに運命を感じるのは、なぜだろうか。

おまえは十分に生きた

庭のクレマチスが咲いた。

十年前に、家人のバラのために少し高い棚をこしらえてもらったので、高みの陽差しに近い場所に咲きはじめたクレマチスの面顔は見ることができない。

それでも花裏を見ると、いかにも嬉しそうに咲き出した花の感情のようなものが伝わって来る。

お兄ちゃんの犬が目を細めて、クレマチスの棚を仰ぎ見ている。その仕種に、まだ若かった頃の、彼の興味津津の目のかがやきが浮かんで来る。

北国の短い夏の木洩れ陽の中でスヤスヤと昼寝をしていた仔犬が、今はあらゆる季節の移り行く風景を、ただじっと見つめている。

そっとうしろから近寄り、そのちいさな身体を抱き上げ、頬ずりをして言いたい。

――おまえが居てくれたお蔭で、私たちはどんなに素晴らしい時間を持つことができたか……。


家人はお兄ちゃんは、この夏はもう乗り切れないかもしれない、と言う。

それを彼女が明るく言うほど、彼女の胸の奥底にある不安と哀しみを感じる。

犬、猫（ワニでもいいが）、ペットと暮らすというものはなかなか厳しいものである。

その第一は、彼等が人間と異なり、生きる生涯時間が速いということである。

お兄ちゃんは最初、この家に来るはずもなかった。なぜなら、我が家の縁の下に猫が仔猫を何匹か産み、その声と、たまたま外へ出た姿を家人が目にして、ミルクを与えはじめたことが、お兄ちゃんが来る原因だった。

家人は愛くるしい仔猫の表情を一目見て、ミルクをやるようになった。それが愉しみだった。ところが或る日、母猫と仔猫の皆が縁の下から消えた。

家人とお手伝いは縁の下まで潜った。

動物のすることだから、こちらにわかるはずがない。家人の落胆振りは目に余った。

誰が何の智恵を与えたか、家人はペットショップに猫を見に行った。

そこで一匹のダイヤモンドのような瞳をした仔犬に出逢う。家人いわく。

——あれは運命だったのよ。

私はその時仕事でヨーロッパにいた。

「あなた素晴らしい仔犬がいたの……」

国際電話で家人の話を聞きながら、内容よりも彼女の口調で昂揚していることが伝わった。私は言った。

「その犬を飼えば、君が何歳の頃に亡くなる年齢だぞ。それが耐えられるのか」

彼女ははっきりと応えた。

「わかっています。私は大丈夫です」

「ともかく帰国するまで待ちなさい」

しかし私が仙台の家に戻ると、我が家は上を下への大騒ぎである。フローリングの床にはすべて可愛い絵柄の新調したバスタオルが敷かれ、そこをキラキラとした瞳をかがやかせた犬が歩くと言うより転がり回っている。

人なつこくて、怖いもの知らずで、そして何より、家人を母のように慕っている。

——コリヤ、ダメだ。

今さら犬屋に返せとは言えない。

「ふさわしい名前をつけて下さい」

「………………」

酒とギャンブル以外のことで命令口調で話されたのは初めてだった。

名前は〝亜以須〟。アイスとした。

真理のみに従う、菩薩を守る神の子（天使）である。と取りあえず説明した。

「アイス、アイス、愛すよね。誰からも愛される犬ってことよね」

――まあいいか。

我が家は一変した。元々、人間に従順な犬種らしく、家中のあらゆる場所に犬の休憩所ができた。実際、気立ての良い犬だった。

どこへ出かけるにしても、アイスが中心で、それはそれで楽しいこともいくつもあった。

並の犬じゃないわ、と家人がおっしゃる。

そのアイスが老犬になり、時折、呼吸が切ないほど辛そうになる。

もう半年前から、家人は目覚める度にアイスの鼻のそばに手を伸ばし、息をしているかをたしかめると言う。それでも彼女は明るく振る舞い、大声で言う。

「アイス、頑張るのよ」

私と、東北一のバカ犬のノボは、その一人と一匹のやりとりを見ながら顔を見合わせる。

あんなにちゃんとトイレができた子が粗相をすると、申し訳なさそうに物陰に隠れる。家人は言う。

「いいの。もういいのよ」

それでもアイスは物陰から出て来ない。

躾とは生涯のものなのだろう、物陰で私に助けを求める目が、表情が切ない。

「おいで、おまえは十分に生きたんだから」

我が家の特別なことを書いたように思われるが、日本全国のたくさんの家で起こっていることなのだろう。ガンバレ、アイス。

我が家に酸素室が入った

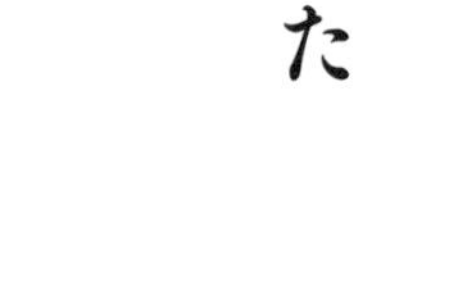

お兄チャンの犬が、この夏を乗り切れるかが、我が家の心配事である。

アイスは鼻の気道が狭く、喉の奥もくっつき易い。何かの拍子に喉を詰らせ大騒ぎになる。家人は首や腹を叩き、アイス、大丈夫、大丈夫、と大声を出す。当人も目を剝いて必死である。処置が上手く行き、アイスが胸を撫で下ろし深呼吸する。

私はその時のアイスの表情を見て、犬も、

――ボク死ぬかと思ったよ……。

という顔をするんだ、と思った。

アイスの親友のラルクも膵炎が見つかり入退院をくり返している。二匹が散歩の後、庭先でじっと紫陽花の花盛りを眺めているうしろ姿を見ると、

――お互い、このところ大変だね。

と話し合っているふうに見える。その横でノボが垣根越しに隣家の木を手入れしている老人にむかって、ウーッと威嚇《いかく》している。バカだね、ありゃ、いつもの植木屋だろう、いい加減覚えないと……。

アイスの夏乗り切り作戦で、我が家に酸素室が入った。

――ホウー、本格的だね。ヤルネ……。

家人は犬のことになるとやることが早い。

去年すでに犬の火葬場と墓所の見学を終えている。

家の中に酸素室が入ったことを、納得していいのか、いけないのか、ノボと大きなガラス箱を見つめていると、お手伝いトモチャンが、

「これって業者の人が言ってましたけど、二日酔いの時、首を入れてたら一時間くらいでスッキリするそうですよ」

私とノボはトモチャンを振り返って見た。

――本当かよ。

「嘘じゃありません。そう言ってました」

家人とトモチャンが二匹と病院に出かけた。

私は首を突っ込み、ノボも入って来た。

どういうわけか、どっちも眠った。

怒鳴り声で目覚めた。

「あんたたち何やってんのよ。それはアイスのためにレンタルしたもんでしょうが」

頭を掻き掻き、庭へ出ると、すでにノボは出ていて伸びをしている。

――おまえ、逃げ足速いネ。バカか、利巧かわからねぇナ。まったく。

酸素室を置く適当な場所がなく、私の寝室の隅にある。夜、休んでいる時、あれは実は私のためではと、余命を考えてしまった。

ノボが不良になった朝

　私の日々の暮らしには、そう切ないことは起きないのだが、仙台に居て、上京する際に、東北一のバカ犬が、私が出かけることに気付き、そわそわしはじめるのは少々辛い。

――もしかして、今日、出かけるのか？

　と察知すると私からいっときも離れない。

　私のほうは素知らぬ顔を敢えてしているのだが、犬のほうは居ても立ってもいられぬというふうで、落着きがなくなる。鞄に文房具やらを詰めはじめると、もうイケナイ。

「ノボ、そういちいち騒ぐな。すぐ戻って来るから」

　と言ってきかせても、納得などしない。

　今回は、私が居なくなった翌朝から、朝食を拒否したらしい。

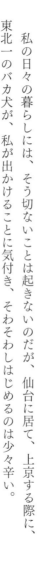

「いいわよ。食べたくないなら。お腹が空くのはあなたなんだから」

と家人に言われても、「フン、喰ってたまるか」という態度をしたと言う。

そのことを二日目に家人が報せて来た。

「あの子、今、不良をしてるの」

「何のことだ？」

「朝食を、喰ってたまるかって顔をして食べないのよ。あなたが出て行ったことにまだ腹を立ててるの」

「本当か、大丈夫なのか」

「大丈夫、そのうちペロリと食べはじめるに決ってるから」

「そうか……」

バカ犬が言葉を理解できるなら、電話にかわってもらい、

「オイ、皆に心配をかけるな。すぐ戻るし」

と話してやるのだが、そうもいかない。

四日目にペロリと食べたらしい。何が食べるにいたる原因かは、当人でしかわからぬが、
不良をするのもたまにはよかろう。

お兄チャンは何とか頑張っているが、私としては早く暑い夏が終わって欲しい。

今夏は、春から初夏にかけて、スズメが風呂場の外の換気扇の上部に巣をこしらえた。二度にわたって仔をなし、巣立ちした。スズメの夫婦が懸命に巣作りし、卵を産み、卵をかえし、仔育てのために餌を運び続ける姿は微笑ましいというより、一生懸命な姿に感動すらしてしまう。

それにしても仔スズメはよく鳴く。風呂に入っていてやかましいほどだが、換気扇を回せないので、減量にはいい初夏だった。

夜半、私が仕事を終え、寝所で本など読んでいると、片隅で寝ているバカ犬が、突然、吠えたり、前足を必死で動かしたりする。夢を見ているのだろうが、あまり激しいと、私はノボのそばに行き、頭をパカンと叩いてやる。

驚いて目を覚まし、周囲を見回し、私がいるのに気付いて、寝てたのか、という顔をした後で、もしかして頭を叩いた？　と疑わしい顔をする。

「何だ、その目は。心配して起こしてやったのに……」

私が言うと、静かにしてくれという顔で寝返りを打ち背をむける。

何のことはないのだが、犬との時間はそう悪いものではない。

生きる速度が違うのだ

犬が庭先や、連れて行った海辺で、どこか遠くを見るような目をして、じっとたたずんでいる姿を見るのが好きである。

――何を見ているのだろうか……。

はっきりした対象がある時には、鼻の先、耳、しっ尾が動くのだが、そんな気配はなく、ただじっと遠くを見つめている。

――何かを考えているのだろうか。

見ていて、オーバーに言えば、哲学的であるようにさえ映る。

我が家の、東北一のバカ犬は、仔犬の頃から、そんなふうにしていることが多かった。

今でも仕事場の窓から、彼のそんな姿を見かけると、私は筆を止めて、その様子を見てし

まう。そうして、彼が何を考えているのだろうかと想像してみたりする。

——遠い日の母との時間か。

バカ犬は母親（母犬か）と過ごした時間はわずかなはずだ。すぐにショップに連れて行かれ、やがて飼い主になる家人に出逢うまで、他の犬たちがどんどん飼い主と出逢い、抱擁されて、スィートホームに旅発ったのに、彼は、最後までショップで売れ残っていた。

我が家で、最初に見た時、笑ってしまった。体毛はちぢれて、目には獰猛さが残っていて、食べ物への執着心が異様に強く、お兄ちゃんの犬の餌にまで突進して行った。家の中での犬の順位を教え込むのに、家人は、毎日、彼を叱っていた。

一度、家人の居ない時にドッグフードを一個、鼻の先に差し出すと、いきなり嚙みつかれ、私の親指の腹からたちまち鮮血が出た。

——これは凄い。

その上、運動神経が半端ではなかった。性格が勝ち気で、兄チャンと一緒の散歩に出ても、大型犬にむかって牙を剝いた。

近所の子供がサッカーをしていると、ボールにむかって突進し、それをいったん取ると子供にむかって牙を剝いた。

「チビのくせに、怖い奴だな」

そのバカ犬が、少し足元がおぼつかなくなり、そのせいでもないが、庭先でひとり、じっと遠くを見ていることが多くなった。

――何を考えているのだろうか。

お兄ちゃんのほうが、今年の夏が越せるかどうかで、大変な二ヵ月だった。酸素室に入っているお兄ちゃんのそばにバカ犬はじっとしていた。やさしいのである。

秋のはじめ、バカ犬の歩き方が以前と違うのに気付いた。

――歳を取ったのだ。

犬は人間の六倍の速さで、生きる運命の生きものである。

彼がもし話ができたら、自分を見つけてくれた家人と弟を見守ってくれたお兄ちゃんに、ありがとうを言うのだろうか。

よく、ガンバッタナ

朝の五時前に目覚めた。

昨夜は三時近くまで仕事をしていた。

――どうしたんだ？　二時間しか眠ってない。

しばらく机に着いて、何をするわけでもなく、目の前の原稿の山を見ていた。

電話が鳴った。

家人からである。

この数日間、家人はメールでしか連絡をして来なかった。お兄ちゃんの犬（アイス）が、一週間前から食事を摂らず、毎日、病院で点滴をしていた。家人はほとんど一晩中起きて犬のそばにいた。

昨日の朝は電話で、七日振りに立ち上がって、「ワン」と吠え、庭を数歩歩いたと連絡があり、家人も声が弾んでいた……。

「アイス君が、先程……」

「そうか、アイスもあなたもよく頑張った」

「はい、アイス君は本当に頑張ったわ。あなたの帰りが待てなくて、すみませんでした」

その日、私は急遽、帰宅することにしていた。というのは、容態はメールで報せて来ていたのだが、昨日、犬が元気になったせいか、電話で話をした。

その電話の最後に彼女は言った。

「お父さんが帰るまでガンバローね、って言ったら、少し声を出したのよ」

――そうか、家人は私に心配をかけまいとしていたのか。

一時間後、東京のスケジュールを調整し、電話を入れた。

「明日一日戻るよ」

「仕事の方は？」

「大丈夫だ」

それで、先刻の電話だった。

七年前の夜半に彼女の実母の死を報せる電話があり、仮眠（妹と交替で看病していた）を取っていた彼女に伝えた時も、彼女は黙ってうなずいただけだった。

泣いたり、取り乱すことをしない女性だ。

それが先刻の電話では涙声だった。

この数日間、よほど二人（一人と一匹）は懸命に過ごしたのだろう。

電話を切った後、東京の仕事机の上のアイスの写真を見ていた。

家人いわく、こんなハンサムな犬はどこにもいない、兄チャン犬の上機嫌な折の写真である。隣りのノボと好対照だ。

ともに暮らした十六年という歳月は、私もそうだが、家人にとって、アイスにとって、至福の時間であった。

電車の便を早めて、我が家にむかった。

車窓に映る冬の空が抜けるように青かった。

私の半生で、切ない時に、なぜか、自然がひときわ美しい姿を見せる。

仙台駅から乗ったタクシーが我が家に近づくと、車のフロントガラスに映る小径は、かつて、散歩の大好きだったアイスが尾を振って走った径である。

家人は玄関で、私に気丈そうに笑った。しかし目頭は少女のごとく膨れていた。こんなに清らかな犬の死顔を初めて見た。

犬が一抹でも不安を抱かぬよう、家人はずっと声をかけ、身体を撫でていたのだろう。首には、私と家人が、彼にとバルセロナの修道院で買い求めたロザリオがかけてある。そのロザリオがアイスを不安から守ってくれているように映る。

少年の日から数えると、六頭目の、犬との別離である。それにしてもおだやかな表情である。

——よく、ガンバッタナ。

そう声をかけるしかない。近しいものの死を前にすると、言葉は無力になる。

「疲れただろう。シャワーでも浴びて、身体を少し温めなさい」

その間、目の前には私の顔を見ると尾を振った犬が静かに休んでいる。この静寂が、これから先の彼の不在を告げていた。

楽しかったり、笑ったりした記憶は、これから先、少しずつやって来るのだろう。

夕刻になれば、弟のバカ犬と親友のラルクが対面に戻って来る。

彼等が来るまで、私と家人と、彼で過ごした。私たち二人の生活に、彼が、あの愛くるしい瞳をしてあらわれた日から、この家は一変した。天使がやって来たのかと思った。

私たちは、彼を迎えて、さまざまなものをもらった。彼も十分、家人の愛情を受けた。

家人は彼に、さよならとは言わない。信仰のある人は、このような折に、普段の祈りの力が出る。私は言う。

「アイス、ありがとう。さよなら。これからも、おまえの分、私は仕事をするよ」

切ない冬である。

第三章

かけがえのない時間

雪の中を散歩。
手前からアイス、ノボ、ラルク

犬も辛抱せねばならぬ

家人に言わせると、私は辛抱がよくきく男であるらしい。故郷の母は、私に辛抱を覚えさせるために、習字にしても、漢字の書き取りにしても、忙しい人がそばについて最後までやらせた。そのせいで辛抱ができたなどとは思っていない。辛抱が好きな人間などこの世間にいないはずだ。

年の瀬に愛犬と別離した家人を、私とバカ犬は見守っているが、感情の起伏は出るが、よく辛抱している。私なら他の犬が吠えて来たら蹴飛ばしてしまう。動物愛護なんてのは私の中にはないのかもしれない。

バカ犬も年齢からして、兄貴の犬に順じるとしたら、あと何年なのか。

「あなた、ノボは最期どんなふうになるのかしらね？」

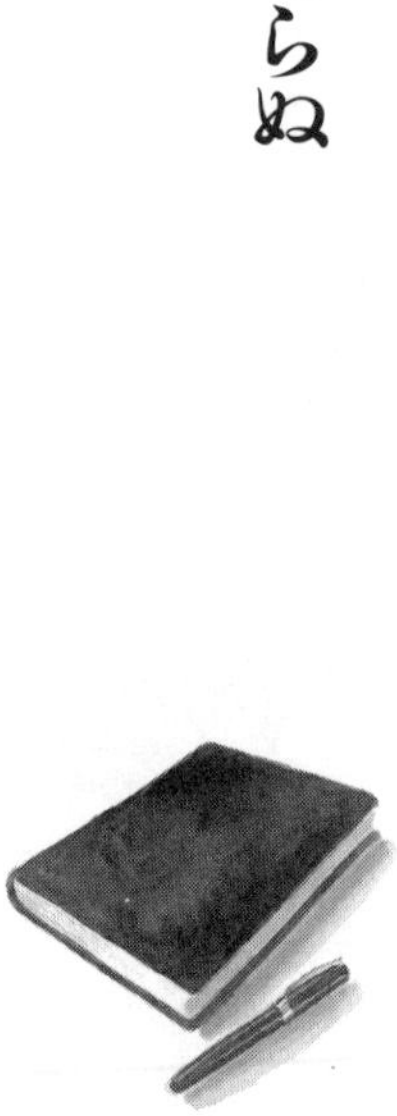

こういうことを私の前で平然と口にできるところが、すでに彼女は冷静ではない。

昨日、バカ犬は外でしていた用足しを、家の中でするようトレーニングを二時間させられたらしい。ところがノボは妙に根性があるからいっさい指導どおりにはしなかったらしい。

その話を家人から聞き、哀れな表情のバカ犬を想像したが、それでいいんだと思う。

犬も辛抱をせねばならぬ。

ましてや、人間は辛抱が、その人の、その後を決めたりする。そう考えると、生きるということはつまらぬことかも知れぬ、と思ったりする。

一匹が寝つく力

仙台の早朝、バカ犬と庭に出た。

ツバキの木に残花がふたつ。ウツギはたっぷりとちいさな花を咲かせている。バラも、クレマチスもまだ蕾は小指の爪の先もない。それでも朝の陽を何やら喜んでいるように映る。北の地にも春がやって来ているのだ。

とはいえ桜には花はまだない。昨日、上野駅に車でむかうと、平日というのに桜見物の車が渋滞していて、途中、車を降りて走り出し汗だくで電車に乗った。上野の桜は満開らしい。北の地は桜の開花は数日遅れる。裏庭に回ると、こちらの木々は大半がまだ枝のままである。陽当たりが違うのだろう。〝ヒデキの木〟のシラカシの枝から芽が出ている。松井秀喜選手がメジャーに挑戦した折、長い選手生活がかなうようにと家人が植えたものだ。

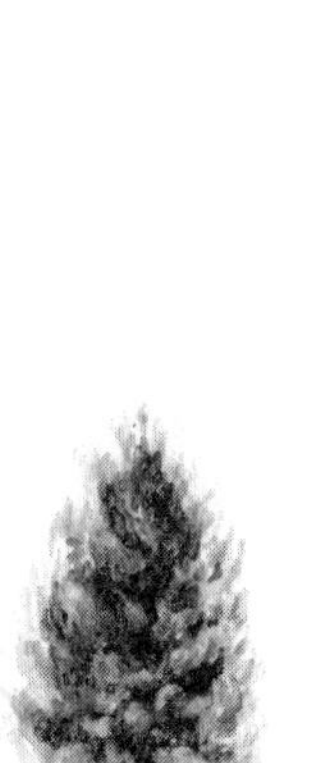

幹を手で撫でていると、足元で妙な動き。バカ犬が放尿している。なぜか、ヒデキに放尿する。レッドソックスのファンか。

鉢植の鉄線は固い蕾、今夏も咲くのだろう。梅の花が三分咲き。先月上旬、或るゴルフ会が雨で中止になり、夕刻、横浜の三溪園を見学させてもらい見事な梅の花を見た。その後、園主の女性がなさっている料亭へ招かれた。茅ヶ崎が蔵元の酒が美味だった。

その三溪園の奥の間の窓から、斜面に熊笹があざやかに繁り、そこに石蕗《つわぶき》の葉が絵のごとく植えられているのが見えた。夏に開花をすればさぞ美しいだろうと思った。

虎の尾、下野草《しもつけそう》、春蘭の芽を覗いていると、背後で妙な音がした。振りむくとバカ犬が敷石の上に横になりイビキを掻いていた。

——おまえという奴は風情がないね……。

まだお兄ちゃんの犬が元気な頃、友だちのラルクと三匹で散歩をしていて、家人が近所の人と立ち話を数分している間に、バカ犬は道のド真ん中で横になり熟睡していた。

驚くほどの睡眠力である。不眠症の人が見たら感動するのではないか。

よく文学者は己の小説の行方を案じて、不眠症になり、結果クスリに頼る人が多かったという。

私はすぐ眠ってしまう。家人は言う。

「ノボとそっくり」

ところが世の中には、そんなものではない〝寝つきの良い〟子供、大人がいるのを、昨年、銀座のクラブ活動中に知った。しかもその相手が二十年来ともに飲んでいた男だ。

そのS戸という編集者が言った。

「私、子供の時、オフクロに手を引かれて歩いていて、オフクロが何だか手が重くなったと思ったら、私は眠ってて、引きづられていたらしいんです」

S戸には弥生さんという美人妻がいらして、彼女がおっしゃったことがスゴイ。

「主人はベッドに座って、掛け蒲団を両手で持ち上げ、オヤスミと言って、頭が枕に付く数秒の間にもう眠ってるんです」

それを聞いて、私も、S戸も、文学らしきものとはまったくかけ離れていると思った。

昨日、家に着くと、玄関に洗濯板を長くしたようなスロープがあった。ノボもラルクも以前のように数段の階段をトントンとは駆け上がれなくなったので、家人が設置した。

ペットを飼った経験がある人なら、愛犬が以前はなんなく登れていた段差を、或る時期からヨイッショという感じでないと登れない姿を目にする。その時の犬の戸惑いの表情と懸命に挑もうとする姿に、胸の中が切なくなる。それはやがて来る自分たちの姿でもあるのだが、犬に対する飼い主の記憶は、おそろしくあざやかだから、余計に切なく映るのだろう。

ノボの左前足の付け根にゴルフボール半分くらいの固まりがある。脂肪であろうが、当人はまったく気にしてない。

――家人が寝静まった夜半、おまえにだけ肉と一緒に脂身のかたまりを喰わせたものナ。

「どうしてノボだけ体重が減らないのかしら？　あなたもしかして夜中に何かやってない」

「仕事で忙しい私にそんな暇はありません」

「……本当ですか？　この頃、肉が仕舞ってある方の冷蔵庫の前で、ノボが私にシッポを振る時があるんですが」

「君もわかってないね。そんな頭があるんなら〝東北一のバカ犬〟なんて呼ばれないでしょうが。ありゃ何も考えとらんのだから」

「…………」

その夜、家人が寝静まった時刻、私はノボを呼んで正座をさせて言った。

「おまえさんね。気を付けて行動しなきゃ。あの人は異常に勘がイイ女なんだから」

オイオイ、人が話してる時に寝るなよ。

どこへ行くのかナ

我が家の犬は、去年の十二月に亡くなったお兄チャンのアイスをはじめ、東北一のバカ犬のノボ、それと二匹の犬の親友のラルクまで、三匹の犬は全員、T嬢ことトモチャンが彼等の暮らしの大半を面倒看てくれる。

トモチャンの犬がラルクで、今は一匹だけになったバカ犬も、毎朝、トモチャンが姿を見せるまで、朝食のドッグフードを半分しか食べない。その理由は彼女に、

——ちゃんとフードを食べたよ。

と見せて、誉められたいからである。

人間もそうだが、犬も誉められることが嬉しいのである。

トモチャンは我が家の犬の面倒を見るために来ているのではない。

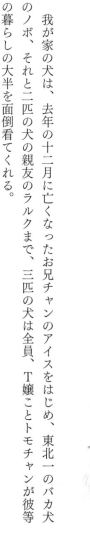

大半の仕事は、家人とともに掃除、洗濯、料理、暑い夏の日差しの中で庭の水撒きから、真冬の雪掻きも男顔負けの力でやってくれる。時には、やっと我が家の軒に巣を作ったスズメを狙うカラスにむかって、

――むこうさ行《い》げ（福島の娘さんなので）。

と箒を片手に怒鳴ったりしてくれる。

そのトモチャンが、先月、バカ犬と話しているのを耳にした。

「ノボはいつまで子供でいるの？」

たしかに人間の年齢なら、すでに八十歳は超えているバカ犬は、いまだに仔犬の時の感覚が抜けず、家人と私が話をしていると、突然、ボールをくわえてやって来て、遊んでくれと、真剣な目で訴える。

「何をやってんの、こんな夜中に！」

と家人が言うと、私の方をじっと見て、

――あんたは遊んでくれるよナ。

という目をする。

私も少しつき合って遊ぶこともあるが、ボールを放ると異常なスピードで追いかけるの

で、それが彼の腰のヘルニアを悪化させることになるから、今は足元で転がす程度でしか放らない。

バカ犬が最初に家に来た日はよく覚えている。兄チャン犬は近所の人が誉めるように、ハンサムで、どこか品性があったが、犬店で二ヵ月近く売れ残ったノボは、兄チャン犬とは同じ犬の種とは思えないほど、目付きも悪ガキそっくりで、体臭もひどかった。

三匹の犬は、私に愛想などは見せない暮らしであった。犬から見ての順列は、家の中で私が一番低かった。そういう暮らしが五年余り続いた。それでも私は時折、家人がいない時、バカ犬と二人で庭に出て、人間の人生についてとか、日本の政治家がどれほど愚かであるか、とか、今日のヤンキースの松井秀喜のプレーの素晴らしさや、小説は思ったより大変だ、などと長い時間、北国の星を仰ぎながら話していた。

それは、或る日、突然、起こった。私が帰宅すると、家人とトモチャンと三匹が玄関で迎えてくれるのだが、いつも最後尾にいたノボが、いきなり兄チャン犬たちを押し倒して、私にむかって今まで聞いたことのないような鳴き声で、吠えまくった。家人もトモチャンも驚いた。私も驚いた。兄チャン犬たちも驚いた。

「喜んでるんですよ。旦那さんを」

その夜から、私とノボの我が家での扱い方が一変した。それまで二階のケージで休むように命じられていたノボが、私の仕事部屋がある一階を占拠するようになった。

その頃は、朝まで徹夜で仕事をすることも度々あったから、ノボは夜中の間、わがもの顔で遊んでいた。兄チャン犬が、階下のほうが面白そうだと起き出してくることもあった。

今は一匹だけになったバカ犬が、私の足元で寝ている。

不思議なことだが、私の帰宅前日から、バカ犬はそわそわしはじめるらしい。私の蒲団が敷かれると、朝から玄関に座って動かない。けなげである。私はそういう女性と一度も暮らしたことがない。敢えて言えば、生家の母がそれに近い行動をして下さる。

あんなに元気だったバカ犬が、今は庭のテラスの段差を上がるのに、ヨイショという表情をする。切なくもあるが、

——コラ、しっかりせんか！

と私は怒鳴るようにしている。

そうして夜中、仕事が終わると犬を抱き庭へ出て、星空を仰いで声をかける。

「私も、おまえもどこへ行くのかナ」

犬は返答せず、イビキを掻いている。

バカだね、おまえは

新しい年は戌年《いぬどし》だそうである。十二年前、我が家の二匹の犬を並ばせ、

「今年は君達の年だそうだ。母さん（家人）の言うことをよく聞いて、立派な犬になるように」

と訓話したことがあった。

あの日から、十二年、お兄チャンの犬は亡くなり、今や老犬であるはずの、東北一のバカ犬は、なぜか表情は若いままである。

しかし確実に老いは彼に忍びより、去年までは平然と駆け登った階段が、今やかなわない。家のいたる場所にスロープの板や、滑り止めの素材が敷かれている。

あんなに動き回っていた犬が、陽の差す場所にしゃがみこんで、じっと庭を眺めていた

り、眠っている。何かの拍子に急に元気になり、いっとき動き回ると、その直後に、首、背中のヘルニアが痛み出し、痛い、痛い、キャイーンと吠える。

犬は言葉を持たないゆえに、痛みを伝えられない。かなり痛みがある時でさえ、私が家に戻るとシッポを激しく振り、膝に前足をかけようとする。

「いいから立つナ。ヘルニアに悪いぞ」

と言っても懸命に、私の顔を舐め、鼻を鳴らす……、この感情表現と、忠誠心は猫にはないものだ。

近所の犬がどんどん亡くなる。お兄チャンと違って、バカ犬は犬同士のつき合いを好まなかったから、彼等が亡くなったことに気付いているのかどうかわからない。しかしさすがにお兄チャンが亡くなってしばらくは、兄の不在に気付き、時折、二階へ続く階段の上方（兄は二階に住んだ）を見ていたりした。

犬は仲間の不在、飼い主と友人と過ごしていて誰か一人が消えても吠え立てる。群れで生きていた頃の本能の名残りなのだろう。

蝶が庭に舞い込んでも飛びつこうとしたし、小鳥にも猛然と突進していた。……それが今はぼんやりと眺めるだけだ。さまざまなことを少しずつ理解し、どうしようもないものが世の中にはたくさんあることを知るようになった。そこが私たち人間の老いと似てなくもない。

家人もかなりの時間、バカ犬と会話をしただろうが、私もずいぶんと話をした。仕事が夜半までかかる時は足元でずっと横になっている。一段落着くと、私は休憩し茶を飲む。その時はノボも起き出し、私の顔を見ている。

「休憩だ、寝てろ」

と言っても、じっと次の動きを待つ。しかたなしに話をはじめる。

「おまえは近所にガールフレンドはいないのか。いつも夕刻、腰をカックンカックンするのは、正直、見ていてイイモンじゃないぞ」

星があざやかな夜は、一緒に庭に出る。

満天の星を指さして私は言う。

「実は、あの赤い星が私の故郷なのだよ」

ノボは驚いて私を見返したりしないが、宵の酒が少し残っていれば、♪ウルトラの父がいる、ウルトラ怖い母がいる、そうしてノボがここにいる、空を見ろ、星を見ろ♪ そのくらいで抱いた重みがズシリとすると、いつの間にか眠っている。

この重さが、生きている証しなのだろう。私が誕生して半年間は、父はどこへでも私を抱いて出かけたという。その時、赤児の重みに同じようなものを感じたのだろうか。

生家で五頭の犬を見送った。そのうちの二頭は父と二人で埋葬した。六頭目は仙台の郊外にある火葬場で、ノボと煙りを見上げていた。やがて七頭目を見送る日がやって来る。そんなに先のことではなかろう。考えると切なくはあるが、犬と暮らすということはそういうことである。

いささか暗くはあるが、私はいつの頃からか、悲嘆に暮れるという感情、行為をしなくなった。なぜならそんなことは世の中にあふれており、まだあどけない子供でさえ直面せねばならぬのが、ペットを飼うということだからだ。

家人は口にこそ出さぬが、アイスのことで、今でも何かの折に涙ぐんでいるはずである。

同じような思いをしている人が何万人もいる。

私はバカ犬だけが持つ独特のユーモアのある行動、表情に何度も苦笑し、

「バカだね、おまえは、誰に似たんだ？」

家族も、近所の人も、バカ犬はどんどん私に似て来たとおっしゃる。

私はそれを最高の誉め言葉と受け止めている。バカは死ななきゃ治らないと言うが、なるたけ長く生きて欲しいものである。

少しは心配せんか

ここ数日、仙台の自宅のある山間はずっと雪が降っている。

昨日のニュースで東京は四月の陽気だと聞き、あらためて北の国に暮らしているのだと認識させられる。

もう四日近く自室で横臥し、蒲団から顔だけを出し、開いた障子から見える裏庭に雪が舞うのを眺めている。鉄線の鉢もバラの鉢も雪ダルマのようだ。普段なら起き出し、雪に手をかざし、こりゃ冷たいナ、とするとこだが、それもかなわない。

熱があるのだ。それも三十九度前後の熱で頭がぼんやりとしている。

「インフルエンザです。陽性が出ました」

「えっ？」

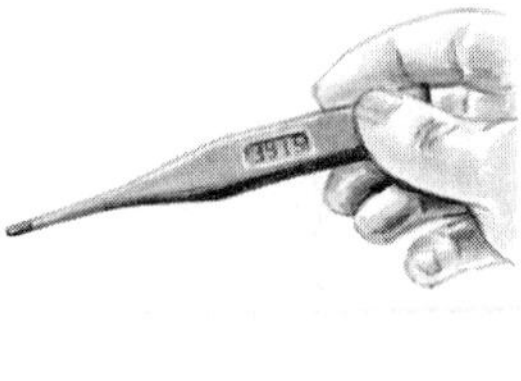

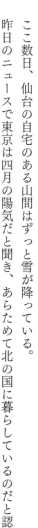

女医さんの言葉に私は思わず声を上げた。

「先生、去年の暮れに予防接種はしました」

「それでも罹る方は罹るんです」

――いや、そうじゃなくて、私は罹らない人として生きて来たんです。

「今日から数えて五日間、朝夕クスリを飲んで安静にして下さい」

――ですから私は普通の身体ではないんです。病気の方から逃げて行くんです。

「これから熱が上がります。でもクスリを飲んで安静にしていれば治りますから……」

こちらの言わんとすることをまったく無視して先生は、最後に言った。

「お酒はイケマセンカラ！」

前夜遅く、生家のある山口から仙台へ戻った翌午前中の病院の診察室の会話である。

家に戻り、月の中旬にある文学賞の選考会の候補作を読みはじめたら、首の回りが熱くなった。家人が体温計を差し出す。

バカ犬が近寄って来て、ソレは何だ？　と体温計を舐める。

「おまえ計ってみるか？　むこうを向きなさい。尻に差してやろう」

シッポを振っている。

「式守伊之助の縁者か、おまえは？」

「ノボむこうへ行きなさい。あなたも冗談言ってる場合じゃないでしょう。それとマスクして下さい。夕方、お手伝いさんが来ますから感染させたら大変でしょうが」

女医の言葉通り熱が上昇。それが腹立たしい。私は厚目の肌着を重ねて着ると、首に手拭いを巻き、蒲団に潜り込んで灯りを消し、ひたすら汗を掻くのを待つことにした。

これまで風邪はこうやって治して来た。そうやって生きて来た。

夕刻、目覚めたが発汗していない。むしろ悪寒がする。

「もっと分厚い、重い蒲団をかけて下さい」

「これ以上、蒲団をかけると窒息しますよ」

夕刻、粥を少し口にしてクスリが出た。

「クスリは必要ない！」

「インフルエンザのこと何もわかっていないんですね」

こういう言われ方に腹が立つ。女医からも家人からもバカにされている気がする。

汗を出すことにひたすら集中するが、甲斐なく高熱のまま天井をじっと睨んでいた。

ドーン、と時折、自室の障子戸が音を立てる。バカ犬が開けろ、と突進している。

夜半、二度目覚めるが、発汗ナシ。熱は依然下がらない。

——おかしい？　わしの治療法が効かない。

翌朝、東京の出版社の担当にそれぞれ電話を入れた。こちらがインフルエンザらしいと説明すると、それは大変ですネ、と締切りの延長をなんなく納得してもらえた。

——これはインフルエンザは使いようがあるかもしれない。

二日目も熱は下がらない。咳が続き、どこにこれほど貯蓄していたのかと思えるほどハナ水が次から次に出て来る。枕元はティシュのヤマである。時折、バカ犬がやって来て、まだ寝てんのか、と出て行く。

「おまえナ。看病しろとは言わんが、少しは心配そうに隅で見守るとかできんのかね？」

こちらの思いが伝わったのか、再びあらわれた。見るとボールをくわえている。そのボールを私の枕元にむかって転がし、ワンと吠えた。

「熱にうかされとるわしにボールを投げろとおまえは言うのか！　このバ……」

——そうか、おまえにそれを言ってもナ。

熱にうかされると妙な夢を見るとよく言うが、あれがそれかどうかわからないが、林の中にゴルフボールを打ち込んで、探しに入ったらずいぶん奥のほうに池があった。そこに真っ白な身体をしたカバがいて、大きな口を開けたら、中にボールがあった。

——さて、どうやって取るか。

「ノボちょっと来い。カバの口の中におまえのボールがあるぞ！」

かがやくガラクタ

〝他人にゴミに映るものが、或る人にはかがやくものに見える〟ガラクタか、そうでないかの基本はここにある。価値観の差だ。

仙台の仕事場からキッチンへむかうとわずかな廊下があり、その脇の棚にもガラクタが並んでいる。木片、大小の石、木の実、表皮が擦りへった野球ボール、陶製の漁師の人形、……どれも使い道はない。この三十数年間の海外旅行の際、ポケットに仕舞って持ち帰ったものだ。後半はほとんど、バカ犬の土産品だったが、木片など鼻を近づけ横をむく。

「バカだね、おまえは、この良さがわからないようじゃ、犬としての情緒がないんだぜ」

ところが東北一のバカ犬にも妙なところがあって居間のソファーの下にギュウギュウ詰めで仕舞ってあるぬいぐるみに頭を突っ込んで、これでもない、あれでもないと真剣な目でひ

とつの古い人形をくわえて出て来る。

「ほうっ、ノボさん、本日はこのワニが気に入ったわけですか」

私の言葉など無視で、早く投げろと吠え立てる。投げれば一直線に突進。くわえて戻って来て、しばらく振り回している。

「ノボよ。いくら相手がワニと言っても、あのたくさんの中から選んだ友達じゃないか。もう少しやさしくしてやれよ」

バカ犬とワニを見ながら、どういう風の吹き回しで、ガラクタ同然のワニを選び、遊ぼうとしたかを、私はこの犬の〝かがやくもの〟として喜んでしまうのである。

私の短い半生の、半分近く、私は世間からガラクタのように見られて来た。こう書くと嘘と思われるかもしれないが、事実である。

「あんな男見るのも嫌だ。ただの酔い泥れの博奕打ちでしょう。ガラクタよ」

そういう目で私を見た男と、女はゴマンといた。承知で歩いて来た。同じ目で見られる人に逢うと、気が合うかというと、これが本当にゴミだったりするから不思議だ。

それでも〝かがやくガラクタ〟と数人出逢った。やさし過ぎる人が多かった。しかしガラクタたちは皆もう逝ってしまった。

バカ犬は子供の頃、近所の子供たちから
「何だよ、この犬ショボショボじゃねぇか」
と言われ、皆貴公子の兄チャン犬を撫でていた。私はバカ犬を手招き、耳打ちした。
「ガキはバカだね。おまえの良さが見えないんだから。ショボショボか、表現は合うナ」
私たちはガラクタだが、いつもこの世界を救わねばと覚悟はしている。何を言い出すやら
……、このガラクタ作家は。

言葉が返ってこなくても

チビという名前の犬が、子供の私がものごころついて初めて触れた犬だった。
チビは名前のとおり、身体がちいさな雑種犬だった。
それでも犬好きで、頑強なものを好《この》む父親がどこからかもらって来た犬で、生涯で八匹の仔犬を産み、我が家の中で母犬として威風を放っていた。それぞれの仔犬を姉妹たちが自分の犬のようにしていた。余った犬はどこかへもらわれていった。しかし所詮は子供の犬の扱いであるから、父親が帰宅すると、犬たちはいっせいに吠え、父の足元で尾を振り、甘えた声を出し、犬によっては遠吠えまでをした。
父はなぜか動物をはじめ、生きものに好かれた。散歩に出かけると鶏《ニワトリ》が一羽、父のあとをついて来て、そのまま庭先にいた。

郵便はがき

料金受取人払郵便

小石川局承認

1081

差出有効期間
令和5年8月31
日まで

112-8731

東京都文京区音羽二丁目
十二番二十一号

講談社 第一事業局 週刊現代
「単行本係」行

愛読者カード

今後の出版企画の参考にいたしたく存じます。ご記入のうえご投函くださいますようお願いいたします(令和5年8月31日までは切手不要です)。

ご住所 〒

お名前

電話番号

メールアドレス

このハガキには住所、氏名、年齢などの個人情報が含まれるため、個人情報保護の観点から、通常は当編集部内のみで拝読します。

ご感想を小社の広告等につかわせていただいてもよろしいでしょうか?
いずれかに○をおつけください。 〈実名で可　匿名なら可　不可〉

TY 2153126-2107

この本の書名を お書きください。	
ご購入いただいた書店名	（男・女） 年齢　　　歳

ご職業　1 大学生　2 短大生　3 高校生　4 中学生　5 各種学校生徒
6 教職員　7 公務員　8 会社員（事務系）　9 会社員（技術系）　10 会社役員
11 研究職　12 自由業　13 サービス業　14 商工業　15 自営業　16 農林漁業
17 主婦　18 フリーター　19 年金受給者　20 その他（　　　　　）

●この本を何でお知りになりましたか？
1　書店で実物を見て　2　広告を見て（新聞・雑誌名　　　　　）
3　書評・紹介記事を見て（新聞・雑誌名　　　　　）　4　友人・知人から
5　その他（　　　　　）

●毎日購読している新聞がありましたらお教えください。

●ほぼ毎号読んでいる雑誌をお教えください。いくつでも。

●いつもご覧になるテレビ番組をお教えください。いくつでも。

●よく利用されるインターネットサイトをお教えください。いくつでも。

●最近感動した本、面白かった本は？

★この本についてご感想、お気づきの点などをお教えください。

「もう家へ帰りなさい」

と母が言っても、鶏は平然として葡萄の木の下の切り株の上に立って、ここが自分の家だという表情をしていた。

「帰ろうとしませんが……」と母が父に言うと、父は母に切らせた大根の葉を鶏にやって、何やら相手に話しかけていた。

「ねぇ母さん、お父《とう》やんは鶏と話せるの？」

少年の私が訊くと、母は笑って言った。

「きっとそうでしょう。ああやって何か話していらっしゃるんですから……」

父は人間に話すように鶏に話をしていた。

私は子供心に動物と、あのように接すればいいのだと思った。

チビが産んだ仔犬の中に、真白い仔犬がいて、シロと名付けられた。私はこの犬と長く過ごした。中学生から高校生の間だった。

私は野球少年であったから、中、高校と野球部に所属し、高校生になると、早朝ランニングをするようになった。

夜明け方、起きて干拓地のある砂浜にむかった。シロも待ちわびていたように走り出した。私の足音とシロの足音だけがして、冬の朝などふたつの白い息が流れていた。五キロ先の砂浜に着くと、そこで体操し、砂に手を埋めて腕立て伏せや腹筋をした。

そうしてトレーニングが終ると、二人？　して沖合いを眺めた。

「シロ、わしは春になったら、もっと速い球を投げられるじゃろうか？」

「弟はどうしてサッカーをはじめたのかの」

そんなことをシロに話すと、シロは、私の顔を見て、尾を振った。

言葉は返って来なくとも、彼にだけ私は自分の不安や心配事、そして夢を話していた。

シロが亡くなったのは、高校三年生の晩秋だった。皆が横たわるシロを囲んで、父が抱き上げるとシロは目を閉じて死んだ。

父と二人してシロを干拓地に埋めに行った。二人して穴を掘り、最後に父が抱くようにして穴の底に置いた。父は土をかける前にしばしシロを見つめていた。

今、思えば、シロが亡くなった時、子供たちは一様に泣いていたが、一番悲しかったのは父ではなかったかと思う。

一匹の犬の生涯と人がともに過ごすということは、大人にとっても子供にとっても、生きることはどういうことかをおのずと考えさせられるものだ。

仙台の仕事場に一葉の古い写真がある。

そこには若かった母と、私と弟のそばにチビとシロがおさまっている。弟は寝転がったシロのお腹を撫で、私は少し気難しそうな顔で（写真が苦手だった）カメラのほうを見ている。母は笑顔で、少し照れ臭さそうにしている。その横にチビだけが、凜とした立ち姿でおさまっている。父が撮ったのである。

私の犬に対する接し方は、父から学んだものだが、シロとはずっとそうして来た。

奇妙なことだが、不安や心配事を打ち明けた時間があり、それを聞いてくれた相手がいたことはしあわせな時間であったのだろう。

以前も書いたが、私は犬が遠くを眺めている表情が好きである。どこか人間と同じ生きものに思える。哲学的なものも感じる。

七年前、あの大震災のあった日の夜、余震で家屋を飛び出し、庭先に立つと満天の星がかがやいていた。

私はこの美しさを酷いと思った。

――どうしてこんなに美しいんだ。これでいいのか、自然というものは……。

家人と私がそれぞれ抱いた犬も星を見上げていた。

兄チャン犬は家人の言う天国へ召され、残った東北一のバカ犬は、少し悪い足を引きずりながら歩いている。居眠りの時間も長くなった。

私がこの愛犬に十四年間、話して来たことは彼の魂とともにどこかへ失せるのだろうか。そうではない。彼と私の時間は、私の中にも、彼の中にも生き続けるだろう。

夜半、目覚めて、水を飲みに行こうとすると何かを踏んだ。匂いを嗅いだ。

「何だよ。これウンチじゃないか」

ちいさなウンチをバカ犬は就寝中にやる。

「おい、私の枕元でどうしてこうするの？」

バカ犬はただイビキの音を上げ、しあわせそうに部屋の隅で夢を見ている。

犬に誕生日があるのか！

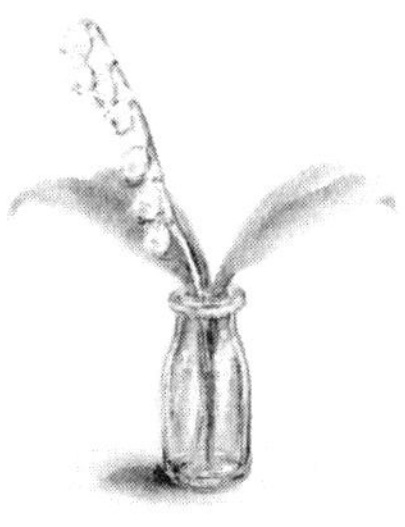

夕刻、仙台に帰ると仕事場の机にスズランの花が活けてあった。

このところ本業の執筆以外の仕事に追われて汲々としていたので、スズランの花を見て気持ちがやわらいだ。

——そうか、もうスズランの季節になったのか……。

スズランは家人が好きな花である。

どこか清楚で可憐な印象もあり、それでいてちいさな花であるのに多くの花房を付けている姿が、家族の賑わいにも似ているし、これみよがしに咲いていていないのもイイ。

私も家人も大家族（今ならそう呼んでもいいが、昔は五、六人子供がいる家庭は当たり前だった）であったので、ちいさな子供たちが並んでいる花模様が、どこか懐かしいのかもしれない。

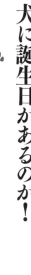

家人がスズランが好きな理由は、一昨年亡くなった彼女の犬がなぜか、この花を好んだからである。花に鼻を付けている写真もある。

同時にアイスというその犬の誕生日がスズランの咲く時であったからだ。

十数年前、いきなり、

「今日はアイス君の誕生日なんです」

と言われた時、正直、驚いた。

――犬に誕生日があるのか！

山口の生家で接した数匹の犬の誕生日を知っている者は誰もいなかったし、犬にしても猫にしても、彼、彼女等が何歳なのかも知らなかった。犬に誕生日はないと思っていた。

今年のスズランを見ていて、あの夜、ささやかな祝いをした折の、家人と仔犬の姿と笑顔がよみがえった。もう十七年前の、夕餉《ゆうげ》の時間である。犬に誕生日がナ……と思いつつショートケーキに一本だけローソクを立て仔犬と吹き消していた。

――あれは、あれで良かったのだろう。

彼等のことを大事にしてくれる家、人に飼われたペットはしあわせである。しかしそれ以上に彼等に慕われた飼主はもっとしあわせなのだろう。家人とアイスを見ていると、しあわせな時間をもらったのは間違いなく家人の方だとわかる。

彼等は誰かをしあわせにするために、飼い主と出逢うのかもしれない。

私と、東北一のバカ犬、ノボとはどうなのだろうか。

犬は所詮、犬である。私はそう考えている。

父にそれを教えられた。

「いいか、犬の皆が皆家《うち》の犬と同じと思うんじゃない。犬は所詮、犬なのだからな。ましてや他所の犬に近づくな。飼い主を嚙む犬もいるのだから」

厳しい口調で言われた子供たちは、そばで私たちに尾を振る犬と父の顔を交互に見ていた。数匹の犬には小屋もなく、縁の下や納戸の脇で寄り添って寝ていた。

だからアイスが家に来た時（私はヨーロッパにいて、帰国後、家の中で初めて見たのだが）、

「犬小屋を作らないといけないな」

と私が言った時、家人の顔色が変わった。

「雨が降ったらどうするの？　ここは雪も積もるのよ！」

――えっ、犬を家の中で飼うのか？

南極観測隊のタロとジロの話をしようと思ったが、家人の目を見てやめておいた。

今はノボの鼾《いびき》を聞きながら、私は深夜、仕事をしている。慣れというのはたいしたものである。雪が積もると、外へ出ようとしないノボを見てると、おまえ本当に犬なのか、と言いたくなる。

あの犬メ〜

盆会である。お盆でもよろしい。

故郷のある人は帰省する。

日本の各地、あちこちの交通網が渋滞しているにもかかわらず、日本人は故郷にむかう。

若い頃は、なぜあんなに混雑するのに、同じ時期に、故郷にむかうのかわからなかった。

道路、電車の渋滞のニュースを聞きながら、

——少し期日をずらせばいいのに、バカだナ……。

と思ったが、今はそう思わない。

亡くなった人の魂《たましい》が夏の数日しか家に帰って来ないからだ（本当かね）。

せっかく帰って来てくれるのだから、親しかったし、世話になったし、自分のことを誰よ

り大事にしてくれたし……。人に依っては迷惑をかけられた輩も、借金だけ残して行った猛者もいよう。まだ憎たらしい、逢えるものなら一発ぶん殴ってやる……。

さまざまな思いで、人々は亡くなった人を迎える。

初盆の人もいる。こちらはまだ別離に整理がつかない人が多い。気持ちが落着くには二年（三回忌）、六年（七回忌）かかる。三と七は（合わせてブタだが）まことによく出来た歳月、数字である。

いとしかった人、今もいとしく思う人と再会できるのなら、盆会は特別な時間となる。

子供の時、盆会がなぜあるのかわからず、私と弟は母に、盆会が何なのかを尋ねた。

「亡くなった人が私たちに逢いに来るのよ。お盆になると、家に帰って来られるの」

「えっ！　お化けが来るの？　母チャン」

弟が驚いて言った。

「お化けは来ないわ。お化けは悪いことをした人がお化けになるの。ウラメシヤ〜」

そう言って母は両手をスーッと上げた。弟は私の腕をつかんだ。

我が家で言うと、東北一のバカ犬のお兄チャン犬が帰ってくる。いつも盆会の時期、私は仙台の家でなぜか徹夜で仕事になる。

夜半、家の中をアイスが歩いている気配はしない。聞こえるのは足元で寝ているバカ犬のイビキだけである。

ひと昔前（この表現は十五年から三十年です）、居候うさせてもらったネエチャンが私と暮らしはじめて言った。

「あんたと居ると、〝金縛りも霊も〟出て来ないのよ。あれじゃうるさくて退散すんのね」

私のイビキと歯ぎしりは半端ではなかったらしい。

――その手のことでお悩みの方は、イビキと歯ぎしりをお持ちの野郎と暮らしなさい。

もっともうるさくて寝られないだろうが。

だからと言ってアイスが家に立ち寄らぬこともない。

今年の六月の早朝、ゴルフに出かける車中から、無事にコースにむかっている旨を家人に報せると、声の様子がおかしかった。

「どうしました？」

「今さっき、夢にアイスが……、庭の木々の奥の方でぽつんと居て、手招きしたのですが、来ませんでした……」

涙声である。二十数年の間で彼女が泣いたのは数度しかない。親と、アイスとの別離と被災地を訪ねた時だけである。

「逢えてよかったじゃないか」

「そうだね、元気そうだったし……」

その日のゴルフは大叩きであった。

――あの犬メ～。

仏壇に線香を焚き、燈明を点し、皆して墓参へ出かける。

妙な話だが、墓参へ行った人、行って来たと報告する声は、どの人の表情も、声も、どこか清々《すがすが》しいものに映るし、聞こえる。

何か大切なことを今日はしました、という感じである。

――あれは何だろうか？

私が考えるに、あの表情、声は、人間が安心、安堵を覚えた折にあらわれるものではないのだろうか。まず間違いはあるまい。

安堵を得ることは人の普段の暮らしの中でそんなにあるものではない。それほど人間は少し間違うと、不安をともなう領域のそばで生きているのだろう。それを解消してくれたり、忘れさせてくれるのが家族であり、友であり、隣近所……つまり自分以外の人々なのだ。

よくしあわせはどんなものか、と訊く人がいるが、そんなもの知っている者はいない。ただ安心、安堵を感じる周辺に、しあわせに似たものがある、と私は信じている。

父は少年の私に、「大丈夫だ、と言える男になりなさい」と言った。それも安堵とつながるかもしれない。

家人にとってアイスが、両親が、それを与えてくれていたのだろう。誰かをしあわせにするなどと、だいそれたことは考えずに、まずは心配をかけなさんナと言いたい。

深夜、母の言葉を思い出し、イビキをかいていたノボを足先で起こした。

「私も、おまえもどうやらお化けになるナ」

かけがえのない時間

私が仙台に帰る日が決まると、その日の朝、お手伝いさんのトモチャンが、私の寝所兼食事場の私室に、蒲団を敷く。

それを見て東北一のバカ犬は、蒲団を手にしたトモチャンにむかって、闘牛よろしく突進して行くらしい。

「邪魔しないでよ、ノボ君」と言っても、尾を振り、興奮し、敷いたあとの蒲団の上で身体を反転したり、中に潜り込む。しばらくはそこで昼寝もするらしい。

「あなたが帰るとわかって嬉しいんですよ」

その日は玄関でじっとしていて、時折、遠吠えをする。

「まだか、ぐうたら作家はまだか〜」

昨日、帰仙してバカ犬の手術した左足の様子を見た。しばらくエリザベスカラーをされていたらしい。この犬、痛いという素振りをいっさいしない。家人がそれを見て言う。

「顔もそうですが、痛がらないのも本当によく似ていますね」

――なぜ、私の顔がこのバカに似とるんだ。

痛そうにしないかわりに病院が近づくと全身を震わせ、以前は歯音まで立てたという。それが医師の前に立たされるとピタリと震えが止まるらしい。それが可笑しかった。

昨夜半も、よく寝言、イビキ、そして何やら手足を動かしている。

「草原を走っている夢でも見てるんだわ」

私はそうは思わない。しあわせな夢なんぞ、人でも犬でも見るのは生涯で数度あればいいほうである。

そんな時、私は本を読んでいるから、足で蹴るなり、手で頭をひっぱたく。頭を叩かれた時は目を開け、宙を見回し、私と目が合うと、

――もしかして、おまえが今、俺を叩いた？

という表情をする。私は知らぬ顔でいる。

私の蒲団から少し離れたところにバカ犬用のちいさな蒲団があり、犬の絵なんかが模様に

なったタオルと大小のぬいぐるみがある。

犬は一晩のうちに何度も寝る体勢を変えるが、奇妙に気に入ったぬいぐるみを枕がわりにしている。もうボロボロになったヤンキースのジーターのTシャツを着たクマがお好きらしい。マツイヒデキじゃないんだから。


朝方、喉が渇いて台所へむかうと、亡くなったお兄チャン犬の祭壇の写真が新しくなっていた。二歳くらいの時の、まだどこか戸惑いを持った表情がなつかしい。灯りを点けて祭壇のロウソクに火を点けた。バチカンのロザリオ。マザー・テレサの御絵。気がつけばノボも起きて来て、きちんと前足を揃えて祭壇の前で真剣な目をして座っている。

「その恰好やめなさい。真面目に兄のことを祈っている名犬と間違われるから……」

バカ犬がそうしているのは祭壇に供えてあるドッグフードとガムを狙っているだけだ。

仕方なしに一粒口に放ってやると、すぐに飲み込み、もうひとつよこせという。

もうすぐこんな時間も持てなくなる。

「おまえも私もキリスト信仰者じゃないから、どっかで中古の仏壇を買って来てやるよ」

この犬、時折、私の話を真剣に聞く時がある。歌もじっと聞き入る。ポップスより演歌が好きらしい。大川栄策など耳が動く（嘘ですよ）。

耳が遠くなり、ダッシュもしなくなり、以前なら庭に来る小鳥、蝶にいちいち反応していたが、それも今は見つめるだけだ。

人間の六倍の速さで生きるらしい。私はその計算法はおかしいと思うが、初めて我が家にあらわれた時の、あの手のひらに乗った仔犬が、やがて驚くほどの運動神経で、走り、跳ね、吠え、腕の中でも重くなり、そうしてお兄チャン犬のアイスがそうであったように、こんなに軽くなったか、となり、召されて行く。

「もう一匹飼ったらどうかね？」

家人は断固として首をタテに振らぬ。

その理由が、夜半ロウソクの灯りの中で揺れているアイスの写真でわかる。

家人は今でも、早朝、アイスの夢を見て涙目で目覚めるらしい。

どんな家にも、どんな暮らしにも、かけがえのない時間というものがある。今は記憶の中にしか存在しないように思えても、それは生あるものが懸命に生きていた証しである。

バカ犬が急に吠えた。朝刊を配る人が来たのだろう。番犬として役に立っているのかどうかはわからぬが、バカはバカなりに、これも懸命なのだろう。オイ、少し休むか。

第四章

ともかくノボよ、ありがとう

私の書斎でくつろぐノボ

飼い主と犬以上のもの

左足の調子が、今朝はかなり悪いらしい。

私の足ではない。東北一のバカ犬の足である。それでも名前を呼ぶとしっぽを振りながら足先に来ようとする。

「いいから来なくて。私がそっちへ行く」

それでも嬉しいのだろう。痛い足を引きずりながら近づこうとする。呼ばねばよかった。

以前、作家の馳星周《はせせいしゅう》さんが愛犬の手術に立ち会い、かなりの辛い手術をした愛犬を車の隣りのシートに乗せて帰る折、犬の麻酔が切れ朦朧として目を開け、大好きな飼い主（馳さん）がそばにいるのがわかると、何針も縫った自分の身体にもかかわらず、起き上がって馳さんの顔を舐めようとした。

——そんなふうにしなくていいんだ。静かに横になっていてくれ。

私はその文章を読んで切なくなると同時に、馳さんの愛犬を慕う気持ちが痛いほどわかった。飼い主と犬以上のものがそこにある。

今は犬に替わって猫が人気らしいが、私は犬のほうが性《しょう》に合う。だって彼奴等《きゃつら》（失礼）呼んでも来やしないのだもの。

バカ犬は今、元気な頃は軽々と飛び越えていた庭とテラスの段差が登れず、片足を掛け懸命に登ろうとする。見ていて切なくもあるが、歳を重ねるとはそういうことなのだ。

その上、昼、夜、眠る時間が増えた。以前は早く外へ行きたいと私を起こしに来たものだ。家人が散歩へ連れて行っても、すぐに帰ろうと家のほうをむいてしまうらしい。

歩く、走るが減った分、腸の動きが悪くなるのか、バカ犬の便を出させるのに、家人とお手伝いさんは苦労をしているらしい。

暗くなってから、お手伝いさんが、バカ犬が便をもよおすのを促すために、

「ノボ、ウンチ、ウンチ」

と大声で言う。

時折、私が夕刻、庭に連れ出し、

「ウンチ、ウンチ、ウンチ」

と大声で言っていると、家人がそれに気付いてこう言われた。

「その声おやめになったほうがよろしいですよ」

「なぜだ？」

「あなたが大声でウンチと叫んでいると、近所の人が、この家の主人が自分のウンチを始末できないのではと思われますよ」

「…………」

私はしばらく考え、オムツをして叫んでいる自分の明日の姿を思い浮かべた。

とぼけたような瞳

東北一のバカ犬の友だちであり、バカ犬の三年前に亡くなったお兄チャン、アイスの親友であったお手伝いのトモチャンの家のラルク君が数日前に召された。

十七歳と十一ヵ月であった。ミニチュアダックスとしては長生きをしてくれたほうである。

ラルク君はおだやかで、おとなしい性格の犬だった。

生後四ヵ月で、散歩の途中で犬と犬が出逢い、妙に犬同士が仲良くなって、我が家とラルク君のつき合いがはじまった。

私が長い海外取材を終えて帰宅すると、家人が手に入れた仔犬が走り回っていた。

自分の近くに犬が暮らす生活は実に三十数年振りだった。父が犬が好きで、生家にはいつも数匹の犬がいた。どれも雑種だが、少年時代に、そばに生きものが同居しているということは素晴らしいことだった。

私はどちらかというと変な子供で、人と、友だちと打ちとけることができなかった。友だちがいないというのはやはり淋しいものである。孤独というものを幼くして体験することになる。孤独は大人の精神さえも揺らがせることがあるから、ましてや子供には辛い時間となる。それを救ってくれたのが犬であった。呼べば嬉しそうにシッポを振って走り寄ってくれるし、牙があるのに決して飼い主に牙を剝くことはない。〝アマガミ〟というのも父に教えてもらった。

上京する前夜、私はすでに老犬になっていた犬と過ごした。

「おまえはわからんと思うが、俺は明日見知らぬ街へ行く。もう逢えないかもしれん。今までありがとうな。長生きしろよ」

話しかけるとじっとこちらの目を見ていた。

上京してからの私の日々は、普通の人から比べると、少しいろんなことがあった（ありすぎたかもしれない）。犬を飼うなどということなど考えもしなかったが、時折、湘南の海辺に佇んでいると、犬と歩く男や少年が目にとまり、自分の人生は犬を連れた光景の中に二度と身を置くことはできないのだろう、と思っていた。

それが家人と暮らすようになり仙台に家を移し、犬がやって来た。思わぬことというより、夢でも見ているのか、とその仔犬を見つめていた。

犬の名前も付けた。亜以須《アイス》。ところが家の中で飼うので、私の知る犬とはどこか違っていた。アイスは大半を家人と一緒にいるから、私を見る目が、時々、ここに居るが、おまえは誰なんだ？　というふうに映る。

ところが或る日、友だちを連れて帰って来た。それがラルク君だった。やさしい目をして品のある仔犬だった。面白いもので一頭だけを見ている時は、我儘な犬だナ、と思っていたアイスが案外と思いやりがあるのがわかり、この犬も悪くないじゃないか、と思えるようになった。

アイスとラルク君は毎日逢って散歩し、やがて飼い主のトモチャンが我が家でお手伝いをしはじめた。トモチャンは若くて、明るくて、頑張り屋の新妻だった。

やがて二頭にもう一頭、おそるべき仔犬が加わった。最初、突然、我が家にあらわれた仔犬をアイスは簡単に受け入れようとしなかった。受け入れ方をアイスに教えたのがラルク君だった。アイスがノボを威嚇《いかく》すると、ラルク君が二頭の間に入り、ノボを舐めたりした。

――ホウッー、なんてイイ犬だ。ラルクは。

昼間、私の仕事の邪魔になってはと、三頭はトモチャンが預ってくれて、皆昼寝して過ごすようになり、夕刻、三頭で帰って来ると夕食になった。三つの皿が並び、クリスマスには三つのローソクが点ったケーキを最後に食べさせてもらったりしていた。

怪しい人や、犬が家に近づくと、三頭で吠えまくった。

「静かにせんか！　日本の文学の邪魔するな」

私が言ってもおかまいなしだった。

三年前、アイスが衰弱した時は二頭がそばに寄り添っていた。今回もラルク君が亡くなる日の昼間、ノボがずっとラルクのそばにいて顔を舐めていた。人間の家族よりよほどきちんとしている。

とうとうバカ犬は一頭になった。彼の心境は計れないが、人間の何倍ものスピードで生きる運命を持つのだからどうしようもない。自然の摂理とはそういうものである。

ラルク君、長い間ありがとうナ。私は君の少しとぼけたような瞳がとても好きだったよ。

いらぬ手助けはしない

ヨーロッパの旅から帰国し、すぐに仙台に帰ると、さすがに我が家のバカ犬は、私の長い不在に腹を立てていたのか、しばらく吠えられっ放しだった。

――どこへ行ってたんだよ、ぐうたら作家。

一人と一頭で雨の庭へ出た。

紫陽花、金糸梅《きんしばい》、木槿《むくげ》、石蕗《つわぶき》、そして名前を知らない家人のバラが花を開花させている。

「いいもんだナ。日本のちいさな庭は。そう思わないか」

突然、バカ犬が傘から出て、芝生に入り、用を足しはじめた。十六歳にもなると、大小の排泄に気を付けてやらねばならない。

見ていると、その姿は仔犬の時そのままである。しかし今は仔犬のようには走れないし、庭とテラスの段差をようやく登っている。

ガンバレ、声を掛けるだけで手は貸さない。

手を貸すようになれば、そこでこの犬の暮らしが一変する。お兄チャン犬のアイスも、友達のラルクも皆そうだった。犬、猫にはぎりぎりまでいらぬ手助けをしないことだ。人間も同じである。生家の母は百歳にならんとするが、朝夕の散歩は、私にも、妹にも手を貸させない。生きる基本がわかっているのだ。

以前、両親、祖父母に仕事をいつまでもさせないで楽にさせたい、と言う人がいたが、あれは間違いで、迎えが来る直前まで働くことができたら、これ以上の幸せはなかろう。

父は生前、母になるたけ長く仕事をさせた。姉たちがそれを見て、父さん、母さんを少し楽にさせたら、と言っても、頑としてきかなかった。父は人が年老いてからの過ごし方がわかっていたのだ。

私は今、毎日働く。作家に土、日、祝日なぞない。盆も、正月も勿論ない。職種によって働き方が違うのは当然のことである。

——やはりそうか。

ということが東北一のバカ犬であった。

ノボは仔犬の時から左目が見えていなかったのだ。それが歳を取って来て、彼の動作を見ていてわかった。

最初からそうなら、少々の身体の欠陥はどうということはないのだ。私たち人間も或る程度生きて行けば、身体に不自由なところは必ず出る。名横綱、双葉山は引退して初めて、右目が見えないことを打ち明けた。

父はよくこう言った。

「人間、手、足の一本くらいなくとも生きて行ける生きものなんだ。そんなことを〝できない理由〟にするんじゃない」

私はそう言われて育ったから、身体に欠陥のある人に必要以上の同情はしないし、ましてや憐《あわれ》むこともしない。第一、人を憐むことはその人に失礼である。

「ノボ、おまえ、私と同じだナ。何だかよく似てるって言われるが、目までもかよ」

私は今、左目はほとんど見えない。三ヵ月に一度、眼球に注射をして貰い、悪化するのを防いでいるが、今回、絵画鑑賞に出かけて、何がこころもとなかったかと言えば、やはり目の具合いだった。しかしそれも鑑賞の時だけのことで、執筆には何の支障もない。

時差のせいか、朝の四時半くらいに目覚める。庭に出て夜明けの風景、音を聞いている。

フィレンツェでもそうだったが、朝はちいさな鳥から鳴きはじめる。

ノボは寝たままで起きない。老犬とはそういうものだ。やがて足音が聞こえ、隣りで一緒に庭や、空を見る。雨ばかりだ。

花の名前をすべて教えたのだが、どれだけ覚えているのか。二日酔いの朝、私は鼻歌を歌っているとお手伝いに言われた。私が歌うとノボは少し身体を揺らす。

「オイ、二人でデビューするか?」

あと何年、このようなひとときが過ごせるかはわからぬが、自然の摂理に人だけがあらがうのは傲慢でしかない。

二人で眠るとしよう

十七年余り、私たち家族の中で、宝物のようにかがやいてくれていた愛犬が一昨夜、天命をまっとうした。

十七歳と半年である。十日余り前からほとんど食物は摂れなかった。摂れば、皆吐いてしまう。かた時も離れずにいた家人の絞り出すような泣き声が響き、彼女の胸の中で、ヤンチャ坊主は静かに目を閉じていた。

昨夜は、家人の希望で、私は自分の寝室でバカ犬と二人で寝た。夜半何度か目覚め、私のほうに顔を向けているノボを見た。

いろいろ思わないほうがよかろう。まずはしばらく、二人で眠るとしよう。

ともかくノボよ、ありがとう

亡くなった東北一のバカ犬こと、ノボが我が家に初めてやって来た日のことはよく覚えている。

ぶさいくと言っては失礼だが、決して可愛い部類に入る面相はしていなかった。

――これじゃ、二ヵ月ペットショップで売れ残っていたはずだ。しかし悪くないゾ。

それでも好奇心が旺盛なこの犬種の特徴か、私をじっと見る目に、今まで見てきた犬とは違う〝孤独〟のようなものを感じた。

庭先で片手の掌に乗せた（それほどノボは小さかった）。

五月の青空が、この小動物の瞳に映っていた。以降、彼が大好きな晴天の空色である。見上げれば家人が苦労して育てたクレマチスが、バラ棚に見事に咲いていた。

初めまして　飼い主です　クレマチス

二〇〇三年五月二十日

名前はどうしますか、と聞かれた。三年前にやって来た家人の犬は亜以須《あいす》（ＩＣＥ）とした。丁度、この年、俳人の正岡子規の小説連載をしていたので、子規の幼名の升《のぼる》から、西山乃歩《のぼる》とした。ノボの誕生である。ペットショップで飢餓状態だったのか、ともかく食意地がスゴイ。私の指の先にからかい半分で乗せたフードをガブリ。私の指の腹は見事に、針で刺したように丸い血がふくらんだ。

――ホウーッ。野性だのう、お主。

それからの数年間、ノボはすでに家にいたお兄チャンのアイス君、友達のラルク君の下で、一匹だけ年下で彼らのやさしさに包まれて成長していった。

一歳になる前、彼に災いが襲った。パルボウイルス感染症。致死率九五％。医師も助かることはまずないと言った。彼は体重の半分の量の血を吐いた。家人は祈り続けた。ニューヨークからノボのために祈ってくれる人もいた。ヤンキースの松井秀喜さんだ。最後の最後、倒れていたはずの彼は、医師が出したフードを食べようとして、起き上がった。それから一進一退の治療が続き、十日後に生還へむかった。不思議なことだが、元気に家に帰ってきた彼の顔から、あどけなさが失せていた。三歳を越えた頃、この犬はひとりで私の仕事場に来るようになった。他の二匹はいっさい近づかなかった。

突然、彼が仕事場にやって来ても、私は仕事に手一杯で犬にかまってやれない。

私は少年の頃、父のするユーモラスな行動を興味深く見ていたことがあった。

父はまるで人間に話すように、犬にでも猫にでも、鶏にでも、池の魚にでも、話しかけた。

「そうか、おまえは今、ここにいたいのか。どうした、どこか調子が悪いのか。こっちに来てみろ。ほら、これでもう大丈夫だぞ」

少年は何がどう大丈夫かもわからなかったが、父の手や言葉に触れた生きものたちが、例えば鶏が急にけたたましく鳴き出すのを見て、

——へえ——、ちゃんと通じてるんだ。

と感心し、同時に人間と他の生きものは会話をすることができるのだと信じた。これを早いうちに学ぶと、生きものに対する考えが根本的に違ってくる。名著『ソロモンの指環』ではないが、通じると信じて接していれば、生きものとて、相手の言葉を理解しようとする

し、信頼も増す。

「今（夜半だが）、おまえに遊んでくれ、と言われても、ぐうたら作家は珍しく明朝までの締め切りがあるんだ。少し待てんか？」

それでも身体全体を揺らして、くわえた人形を左右に振る。

「わかった、わかった。これでまた日本の文学は後退せにゃならんが、この頃の日本人は携帯電話ばかりいじくって、孫正義とか、ホリエモンとか、バカ面した男が一人前の顔をして歩く時代になってるし、どうせ文学、本なぞ読みはしないだろう。じゃ遊ぶか」

斯くして朝まで二人で遊びほうけて、早朝目覚めた家人に、一階のフロアーが滅茶苦茶に散らかってるのを見られて、怒鳴られるのであった。ともかくそのあたりから、この犬だけが、私が帰宅するのを待ち焦がれるようになったし、上京するのを玄関まで見送ると、出て行くな、行かんでくれと大声で吠えるようになった。そうなりゃ、バカでも可愛くなるのが人情である。〝東北一のバカ犬〟の名称を頂き、押しも押されもせぬ、愚犬への道を走るようになったのである。

カントの純粋理性批判を読み聞かせ、松井秀喜選手のホームランを見せて、二人して歓声を上げ、武豊騎手の圧勝に感心する日々が続いた。十六歳を過ぎたあたりから、左脚が弱り、得意の全力疾走ができなくなり、春なら北帰行の白鳥を、夏なら満天の星を仰ぎ見ることのほうが多くなった。

あの東日本大震災を生きのび、晩年はコロナ禍の中でぼんやりと私を見ていた。考えてみれば十七年の歳月の中でも、彼には生命《いのち》の危機は何度かあったし、大勢の犠牲者が出た災難とも遭遇した。犬一匹でそうなのだから、ましてや強欲の一点張りの人間なら、無事に生きてるほうがおかしい。

私も生まれて初めて、生き死にの手術をしたが、こうして生きのびて、次の小説にむかって歩き出している。

ともかくノボよ、ありがとう。

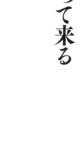

悲しみは、ふいにやって来る

不思議なことだが、悲しみ、もしくは悲しみの記憶は、ふいに、その当人に近づき、背後から全身を抱擁するかのようにやって来る。

この一文が意味するものが、何のことかよくわからない、とおっしゃる人はしあわせな人である。

ところが、世の中の成人した男女の、おそらく大半は、この一文が言わんとしている意味もしくは、そのような状況に覚えがあるか、そうでなければ、はっきりと、その悲しみの切ない姿を知っているはずである。

ふいに、と書いたが、この表現は普段私たちの暮らしの中で使うことはあまりない。

意味としては、予期せぬ時に、とか、思いがけずに、唐突に、というのが妥当なのだろうが、ビジネスの書類や、解説書、ましてや小説にはほとんど使わない、それほど困った表現でもある。

人は自分に、あまりにも悲しいことが起きると、最初、戸惑い、興奮し、尋常のこころ持ちではいられなくなる。涙する人もいれば、押し黙ってしまう人もいる（人によっては寝込んでしまう場合もある）。

特に近しい人、親しい人との別離は、当初の悲しみがようやくやわらいで、なんとか一人でこの悲しみも克服できたようだ、と思っていたりすると、何でもない時に、普段の暮らしの中にいるのに、悲しみは突然やって来る。もうすっかり忘れて、笑うことも、何かにワクワクするようなこともできはじめていたのに、悲しみは平然とやって来て、当人を戸惑わせる。厄介この上ないが、当人しかわからないので、周囲の人は気付かない。その上、状況を説明しても理解してもらえない。

悲しみにつつまれた人が、友人や家族、知り合いにいて、救うとまではいかずとも何とか力になってあげたいと思うのは、人の情であるし、大人の行動としては間違っていない。

では、そういう人に手を差しのべてあげれば、それでいいのか？

――違う。

当人としては、むしろ放って置いて欲しいと願う人が大半である。なまじわかったようなことを言われると、腹が立つし、極端な場合、あまりの哀しみに、「あなたに私のこの気持ちがわかるわけはないでしょう」と開き直ったり、手を差しのべたり、声をかけた人を逆恨みしてしまうことは多々あることである。

ではどうしたらいいのか？

――放っておく？

それも違っている。

手を差し出さずとも、気にかけてあげる。時に、「元気？　うん、頑張って下さい」くらいの声掛けはすべきなのである。

自分一人が放ったらかしになっている、と思うのも、それはそれでマズイ状況になる。

――どうしたらいいんだ？

いやはや、悲しみの隣りにいる人は、それくらい繊細で、微妙な精神状態であるし、実際、弱っているのは事実なのである。

私の対処法は、時間がクスリ、という考えである。時間の持つ力は、私たちの想像をはるかに越えるもので、やがて時期が来れば、悲しみもやわらぐし、一番必要な、忘れる（当人は否定するが）ことが多々起こるようになり、周囲で起こった珍事に笑い出すことさえ起こる。

——あれ、今、私、笑っていた？

こうなれば回復は早い。早いのだけど、冒頭に書いた一文がやって来るのである。

嘘ではないし、いつまでも悲しみを忘れられない、その人がおかしいことでもない。

人間とは、そういう生きものであり、人生とは悲しみと、必ず遭遇するものでもある。

二週間前に、私は愛犬を亡くした。

犬と人を一緒にしてはイケナイが、仙台の自宅に居る時は、家人と一緒にいるより、その犬とともにいることのほうが長かった。

溺愛したことはない。普通に、人と犬が同居して過ごして来た。ただよく声を掛け、相手もそれを多少理解していたようである。

「オイ何をうろうろしてるんだ。喰いものか？　それはわしからは与えられんぞ」

と言って、私はすぐに仕事に戻る。

夜半、仕事が一段落して庭に出ると、近くで休んでいた彼も、ムクッと起き出して庭にあらわれる。

「ヨウ、起こしたか？」あとは無言で、星を仰いだり、積もった雪の深さを見ている。

先週、家人に頼んで、仕事場の机の上に何点か立ててある写真立ての中の、犬の写真を替えてもらった。家人と犬が大好きだったお手伝いさんが、十数年のベストショットを送って来た。仔犬の時のスナップもあれば、元気だった頃のもあった。

時折、仕事の手を休めて、その写真を見ては笑い返す。ところが、この他愛もないことで、犬の記憶があざやかによみがえり、何やら切ない感慨を抱くようになった。それも面倒なので、仕事の間は、写真立てに小紙を貼っている。

私は若い時代に、たった一人の弟や、新妻を失くしたり、ともに野球をした友人と死別した。十五歳から二十五歳くらいまではやはり辛かった。こんなふうに他の人より別離の経験が多かったので、今は丈夫な部類に入るだろう、と思っていたら、なかなか犬のことで戸惑っている自分を見て、少し驚いている新春である。

そうか、君はもういないのか

元旦を二十数年振りに仙台で過ごし、愛犬のノボが亡くなり、感慨にひたる間もなく上京した。片付けねばならないことがあった。

今年の前半は片付け仕事に追われそうだ。

まずは四十年近く面倒をみてくれた私のオフィスを整理する。オフィスを縮小し、常宿の近くに移し、常駐してくれていた人には、自宅で仕事をこなしてもらい、整理が終われば閉じる。

身を軽くするということであるが、元々身ひとつでの仕事であるから、企業の解体とはスケールも、やることも違う。

しかし作家のオフィスなどは、女房役、お手伝い役、秘書役のようなものだから、結婚と

同じで、一緒になったり、届け出たりするのは簡単だが、別離するとなると何倍もの労力が必要なのがわかった。

資料や本はさしてないが、細々《こまごま》とした取材ノートや、少しだが自著も贈答用に置いてある。これをすべて処分するのが意外と大変である。私の本を古書店が引き取るはずはなく、どこか学校の図書館で欲しいと希望する所があれば、有難いと早くに送って差し上げる。

どの作家も晩年は同じ事情をかかえるのだろう。私など著書数が少ないので（五百冊くらいか）まだましなほうで、長い間、売れっ子作家であった人は、単行本、文庫本、改訂本……と途方もない数になろう。ともかく思い立ったらすぐに始めろ！　である。

過去にこだわるナ（元々そうだが）、何かをしたと思うな（これからやることが私のすべてである）。

慣れない片付け仕事をして、誕生日（私の）が終わった頃、仙台に戻った。愛犬が仔犬だった頃の写真が数多く揃い、なつかしがって笑っていたら、グラッ、ドスン！　と来た。おや？　と思い、部屋の天井や壁を見回すと、大きく揺れはじめた。ミシィミシィと壁が音を立てる。点けていたテレビが傾いて倒れる。棚から本がドッドーッと落ち始める。

――イカン、こりゃ大きいぞ。

揺れ方を改めて振り返ると、家人も、駆けつけた義妹も、お手伝いさんの御夫婦も、口を揃えて、

「十年前の東日本大震災と同じくらい、いやそれよりも揺れた気がする……」

と言う。

一夜明けると、新幹線は停止した。しかし十年前の教訓が実ったのか、停電も、水道の停止も一部だった。

今も余震が続いている。その中で仕事を続けるのは、やはりひと苦労である。グラッとか、ドドンと、全体が横揺れするものと、地面の底から突き上げるような揺れの二種類が二時間ごとにやって来ると、筆は止まってしまう。

ところが、こういうものに人間は慣れてしまうらしい。

十年前もそうだったが、今回も同様の感覚を持つようになるのだろう。

夜明けまで眠れず、起き出してリビングへ行くと、ちいさなボールがひとつ転がっていて、それが余震で動いた。私はあわてて、それを拾おうとして、すぐにボールを咥えに来る影を待った。

影が、私の手とボールに近づいて来ることはなかった（ノボの影である）。

――そうか、君はもういないのか。

切ないような、苦しいような余震が続く中で、ボールを口いっぱいに咥えて、それをいったん地面に落とし、「ワン」(拾って投げてくれ)という声と、あのたまらなくいとおしい表情が、誰もいないリビングの暗がりで揺れていた。

そうか、君はもういないのか。

いったい何千人の人が、この切ない気持ちを味わったのだろうか……。

急に静けさがひろがった

最後は看病ばかりだったノボが去ると、家の中は急に静けさがひろがった。私は手術後の定期検査もあり、東京での日々が続いた。

——鳥でも猫でも飼ってみてはどうか。

ノボの具合いが悪い時も、家人は餌のない冬の間、庭に来る二羽の鳥のために毎日、庭の木にリンゴを括《くく》りつけていた。いつしか番《つがい》の鳥がやって来て、その木にとまっていた。

その鳥の姿を、家人と同じく愛犬を亡くしたお手伝いのトモチャンは楽しそうに眺めていた。二十年近く前、犬を飼う以前はこのようなことはなかったが、奇妙なもので犬でも猫でも飼うと、小動物に対する見方に慈愛が出るものらしい。

私もノボと長くいるようになって、たまにゴルフに出かけ、フェアウェーをゆっくり歩いている鳥の姿に、愛犬が歩く姿を重ねた。

家人とトモチャンの家に新しい家族が来たのは、私が検査入院をしていた時だった。二人は猫のことを話す時、声のトーンがあきらかに明るく、大きくなっていた。当人たちは知らぬが、このように明るい声を耳にするのは実に三ヵ月振りのことだった。

——それでイイ。

猫は、身体が大きい人間、声の大きい人を怖れると聞いたので、私は初対面の時から、ほとんど目を合わせず、近くに来ても手を伸ばさない。要するに無視するようにした。

元気な猫で、ともかくよく動き回る。見ていて、たいした運動能力である。

やがて慣れてくると、あちこち冒険というか入り込んでみるようだ。

昨日は書棚の、それも全集が並べてある三段目くらいに登って行き、本の奥に隠れ、何をしているのかわからぬが、家人が呼ぶと顔だけをヌーっと出し、薄闇から目を光らせ、どこか満足気に映る。よくよく見ると、その全集が夏目漱石と正岡子規であったので、〝吾輩は猫である〟を知ってのことかと苦笑した。

二十数年前、生家である山口の家に妹が飼っている猫がいて、よくよく聞くと、勝手に野良猫が入って来て居付いたと言う。真っ白な猫で顔に何ヵ所か疵《きず》があった。

「シロ（猫の名前）はこの辺りのボス猫よ。先日はハトを捕って来たわ。雀、鼠《ねずみ》なんかはもう何度もあるの」

私の父は動物がよくなつく人で、或る朝、散歩をすると、鶏がくっ付いて帰って来た。野良猫もチャッカリ家長であった父の膝に座り、我が家を自分のものにした。

同じことが漱石の家に入り込んだ黒い仔猫にもあり、妻の鏡子が何度も捨てて来るように女中たちに言ったが、気が付くと昼寝をしている漱石のお腹の上や、読書をしている漱石の膝の上に、チョコンと座り続けたらしい。

「あなた、大変です。猫が背中に。その猫、何度追い払っても戻って来るんです」

「そんなに居たいなら、しばらく置いてやれ」

それで、池に捨てられるか、雪中で餓死するかもしれなかった仔猫は、なんとか家に居つけるようになった。その猫を見た近所の老婆に「あら、この猫、爪まで黒いじゃありませんか。これは〝福猫《フクネコ》〟と言って、福猫が住む家はお金に困らないそうです」と言われ、子供（娘）が三人に女中たちも雇い、イギリス留学の借金のあった漱石は、この猫を家に置くことを決めた。

帝国大学、一高の講師をしていた漱石はやがて小説を書くようになり、猫の目から見た人間、そして人間社会は何とも滑稽ではないかと発想し、〝吾輩は猫である〟を「ホトトギス」という俳句の雑誌に執筆した。これが大評判になり、「猫の目から見える人間、家族は面白いし、第一、主人の先生は中学の教師らしい。そんな偉い人が女房からいつも叱られていて、俺たち庶民と同じじゃねぇか」と読む人が皆面白がった。森鷗外も高浜虚子も絶讃した。

漱石は一匹の猫と出逢い、名作を書き上げた。私は一匹の猫が急に近寄って来ても、

――オイ、私に近寄るナ。何も書けはせん。

といたって不機嫌を通している。

だってそうである。あのバカ犬のことをそう簡単に忘れるような薄情な人間ではない。

グズグズした男になるな

先日、都内のちいさな交差点でタクシーに乗って、歩行者が過ぎるのを待っていたら、ちいさな少年と母親が過ぎて行く姿を見た。まず目についたのは、振りむき振りむき横断歩道を渡る少年の嬉しそうな顔、表情だった。

よほど、外に散歩に出かけられたことが嬉しくて仕方ないのだろう。

その振りむく少年の動作を見ていて、今年の春亡くなった東北一のバカ犬を思い出し、鼻の奥が熱くなった。

私はバカ犬が待つ仙台の家へなかなか帰ってやることができなかった。どれだけ彼の望みを叶えられなかったか、と今でもすまなかったと思う。

近しい人、近しい友の死は、あとになって切ないほど自分の身に、身上に迫って来るものである。

そのことは、十七歳で海難事故で亡くなった、たった一人の弟の死で、十分過ぎるほどわかり、承知していたつもりであった。ましてや二十七歳の若さで亡くなった新妻の面影が、今でも何かをするにつけあらわれて、戸惑う自分も十分に承知しているのである。それでもなお、東北一のバカ犬を自分がこれほどまでにいとおしく思っていたのかと、家人から送られて来た写真を仕事場の前に立てかけ、その何でもない表情を見る度に痛感する。そこからあふれ出すようにあらわれる、私とバカ犬の至福の時間に、ただただ気持ちを揺り動かされて、戸惑うばかりなのである。

だからと言って、バカ犬がいかに素晴らしい犬であったかということを書くわけでもないし、何をするにつけ、折に触れずとも思い出してしまうバカ犬への慕情を書くつもりもない。

私はかつて、人の死は、もう二度と逢えないというだけのことであり、それ以上でも、以下でもない、と書いた。

しかし今となっては、深夜の仕事場でなにげなく立ち上がった時、その床の上に、私を見上げるバカ犬がいて、尾を振り、舌を出し、少しゼイゼイしている彼を、両手を下に差し出し、かかえ上げることができたらどんなにか、と思ってしまう。私も彼も、生きて逢えたことの素晴らしさを確認できるだろうに。

私が少年時代、父から教わったことのひとつに、「いいか、グズグズした男になるな。他の人より金がある、頭がイイと自慢するような男になるナ」というのがあった。

だから私は、バカ犬の写真を深夜の仕事の合い間に見て、グズグズとはしないのである。

果して、この原稿を編集部へ送るかどうか、私は戸惑っている。なぜなら私は大人の男で、泣くのは、女、子供のすることなのである。

女は私にとって、大切な存在であり、子供は、私がそのために懸命に働き、生き、税金を払う、日本というこの国の未来だ。

私はバカ犬と十七年間を過ごした。

しかし半分は東京にいたので、正確に言えば、十年間にもみたない。バカ犬とまるまる歳月を過ごしたのは家人である。

私は家人とバカ犬の関係に、

——そうか長い間二人して生きていた時間というものは、これほど素晴らしいものなのか。と気付かされた。特にバカ犬の死の直前から亡くなってしばらくの時間で思い知らされた。

「そう、そうね。嫌だったのね。そうね、嫌だったのね……」

家人にそう囁かれているあいだ中、バカ犬は吠え続けていた。

それでもやがて、バカ犬は静かになる。

「嫌だったのね」という言葉は、バカ犬一匹を家に残して皆が出かけて留守番させ、そのあいだ中のバカ犬の気持ちを家人が代弁しているだけのことなのだが、その会話には同じ生きものとしての敬愛があるのである。

しばらく吠え続けたバカ犬も、やがて私のかたわらでなく、彼女のそばで目を閉じるのである。

——そうか、あの時家人が急に、「あの犬はあなたを好きでしょうがないみたいなの」と言い始めたのを含めて、すべて、バカ犬と彼女の会話の中で起こっていたものなのだ。

それでも、私にはあれほどしあわせな十年はなかったのである。バカ犬は私が帰る度に異様に吠え続け、喜び、迎えてくれた。

バカ犬とお兄チャンのアイスのことを思い出す度に、二匹と家人がずっと過ごしていた時間はいかばかりか愉しく、何かに見守られ、与えられた時間であったろうかと思う。

「オイ、どうしてた？」

私は帰ったばかりの夜、必ず二人きりになった時に訊いた。

彼はただただ尾を振り、顔中を舐めた。

何やら書く度に、切なくて仕方ない。

人は歩きだすしかない

あと数日で、東北一のバカ犬だったノボの一周忌である。亡くなってすぐには茫然とするだけだった。犬との別離は七頭目なので、大丈夫かと思っていたが、そうはいかなかった。今ではペットロスの人の気持ちがよくわかる。

一日に数度、ノボのことがよみがえり、最初は舌打ちをしたり、知らん振りをしていたが、今は揺らぐ思いをそのまま受け入れている。それでも切ないことに変わりはない。

今でも深夜一人で仕事場にいて、物音がするとそちらに目をやるが、闇があるだけだ。

「いつまで起きてんだ！　早く寝ろ」

沈黙が切ない。切なければへこたれてもいい。それでもともかく、人は歩きだすしかないのである。

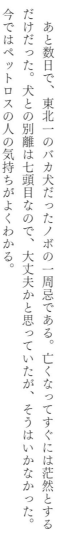

出逢いを忘れずに

このところ毎日、亡くなった三匹の犬のことを執筆している。本を出版したいと、編集長と、担当のH君が申し出て来たからである。

いざ書いてみると、彼等（ペット）のことを書くことが、いかに辛い作業かがわかって、今は申し出を受けたことを悔やんでいる。

実際、愛犬なり、愛猫のことをさらりと書ける人がいたら、その人はよほど無神経か、バカである。

さていざ書こうとすると、〝東北一のバカ犬〟とからかい半分にこのエッセイに書いていたノボ君のことが思い出されて筆が進まなくなった。

――こんな辛い作業をしてまで本を出す必要があるのか？

正直、腹が立って来た。

ところが、話というものは、いざ売れそうだと出版社が目論むと、どんどん進んで行って、表紙の案まで出て来た。仙台の私の仕事場に私の帰りを待つように座った愛犬の写真はあいらしいものであった。すでにこの世にいない分、いとおしさは余計であった。

ところがよくよく考えると、ノボが我が家に来た時から、すべての面倒を見ていたのは家内である。ノボの兄貴のアイスと、ノボの最後を看取ったのも彼女である。

それを考えると、兄弟と親友の犬を次から次に失った時、一番切なかったのは彼女なのである。

それも考えずに、極楽トンボの作家は愛犬とのやりとりをいかにも、愛情があふれているかのように描き、イイ気なものであった。

ペットロスという言葉があるが、この兄弟が亡くなる度に、「息を引き取りました」と両手にかかえて報告に来た彼女の胸中はいかばかりであったろうか？

表紙のことなどでトラブった。私は、「愛犬の死まで利用して、本を売る必要はないんじゃないか！」と憤った。

しかし彼女は違った。

「どれだけあの子たちが、けなげで、頑張って生きたか、あなたの筆で書いて下さい」

そう言われて応えようがなかった。

私はペットロスという言葉は、状況を説明しているだけで、飼い主やペットたちのことを何も言いあらわしていないと思う。状況を説明したところで、何ひとつ進展がないのがペットロスという言い方である。

ロス、すなわち、今は存在しないことを他人の誰が言おうが、当の飼い主と、いなくなったペットにとってはどうでもいいことなのである。

ペットと飼い主にとって、お互いが、この世で出逢えたことがすべてであり、それ以上のものはないし、それ以下のものも存在しないのである。

だから私は、ペットロスで悲しむのは、いなくなったペットにも失礼だし、自分たちが出逢った素晴らしい時間にも失礼だと思う。

ペットロスを悲しんでいるうちは、あれほどつくしてくれたペットに失礼であり、無神経な行為でしかない。

大切なのは、出逢いを忘れずに、残る生を飼い主がまっとうすることである。

ずっと隣にいてくれた

愛犬でも、愛猫でも、その他のペットであっても、彼等と過ごした時間、記憶をよみがえらせ、それを見つめるのは辛く、切ないことである。日本の作家でペットを可愛がり、四六時中そばに居させた例は、写真や周囲の人たちの話でよく耳にするが、不思議と作家が彼等のことについて書いた印象深いものは少ない。

——なぜだろうか？

と考えてみて、自分でも愛犬のことを思いつくまま書いてみたが、これが簡単に書けないことがわかった。難しい作業であり、辛い時間と向き合わねばならないのだ。それでも何千、何万枚という量の文章を書いて来たのだから、何とかなるはずと思っていた。ところが、これが見事に裏切られた。裏切られたと言うと相手に、愛犬、愛猫たちに原因があるように思われるかもしれないが、彼等、彼女等はまったく完璧なのである。非がない。というより、素直、素朴であった表情、仕草が目の前にあらわれて消え去るだけなのである。

残像を惜しんだり、追憶しようとしても、無為だし、無駄なことなのである。

――どうすればいいか？

私が選んだ方法は、不在を問いかけない。不在を口にしない。不在を知らん振りする。

これは哀しみから逃れるためでしかないが、効果はある。

そう考えると、失くしたことを考え過ぎないことが大切になる。

正直、失くしたことを考え過ぎると、そこから先の思考ががんじがらめになり、追憶も動かないが、自分自身も動きが取れなくなる。

〝ペットロス〟と呼ばれるのか、身動きが不自由になるのである。

それでも私は逃げるナ、泣くナ、嘆くナ、と自分に言いながら記憶を見つめた。

――そんなにまでしなくてイイんじゃないか。

そんな葛藤を本人がくり返している時、同じく彼等、彼女等のそばにいた家族や友人が何の注意もなく、名前や起こったことを話して笑ったりすると、

――無神経なのか？　それとも我慢をしつつ、そう口にしたり笑ったりしているのか。

と思う。

私は田舎、生家で過ごした間の五匹の犬のことを考えた。この犬たちのすべての死別は父が立ち会い、彼が埋葬し、黙って土の上に何の変哲もない石を置き、翌日から平然と働き、酒を飲んでいた。

――さぞ辛かったろうに、切なかったろうに父は哀しみの表情の欠けらも見せなかった。

仙台にいた三匹、アイス、ノボ、ラルクの場合はどうだったか？

――そうか、彼等が家にやって来る時も、犬たちは家内に抱かれ、いたずらをすればえらい勢いで叱られ、追いかけられ、隅に神妙な表情で隠れたりした。

今こうして文章を書き、記憶を辿ると、すべてのシーンで彼女が犬たちと居て、真剣に怒り、叱り、笑い、そうして最後に一匹一匹を両手で抱きしめ、瞑目している彼等に頬ずりしながら、しゃくり上げる姿がよみがえる。

「お父さん、さっきアイスが息を引きとりました。……お父さん、つい今しがたノボが静かになってました」

ラルクの遺影にもすがっていた……。

つまりすべての哀しみから彼女は逃れることなく、ずっとそばにいたのだ。私はその報告を聞き、

「そうか……そうか、よくガンバッタナ」

と言うだけだったのだ。

――いったい彼女の哀しみ、辛さはいかばかりであったろうか？

そんな大切なこと、こうして何度も彼等を失ったことがどういうことかを書くために、このバカ作家は、別離の最大の見守り人のことに気付いていなかったのだ。

「哀しい」とか「泣いちゃうよね」とか口にしている暇などなかったに違いない。

彼女は懸命に、彼等がどこへ行くかはわからずとも、彼等が一番見送られやすい方法を探し、実行していたのだ。

「ペットロス」なんて一言も彼女の口から聞いたことがなかった。

それでも彼女は当初は毎晩、そして祥月、月命日、クリスマス（降誕祭）、おヒナさまやこどもの日までローソクに灯りを点している。

「犬を飼ってみたらどうかね？」

彼女は決して許さなかった。

その決意は、表情を見ていたらわかるし、近所の老犬が必死で散歩していれば声をかける。

――〝ペットロス〟なんて暇はありません。

「私が哀しんだりすれば、犬たちが戸惑ってしまうわ」

そういうことに気付くまで、このプロの作家は何十、何百という原稿を裂いて捨てた。

これが本当の答えかはわからぬが、今、彼女の両手の中にアルボという三匹から一文字ずつとった名前の美しい猫が、じっと彼女をみつめている。

いやはやアルボの美人なこと……。

こんな近くに何千、何万倍の哀しみと歩いていた人がいたとは。

湘南のちいさな海辺で

桑田佳祐さんの新曲がテレビやラジオで流れる度、耳の奥から、あの懐かしい海辺での時間が思い出される。

あの頃、私はまだ若く、亡くなった妻はまぶしいほど、さらに若くみずみずしかった。何もかもが、雲、光、波、風までが初めて触れるような新鮮さがあった。

――あの時間だけが、なぜあんなに特別だったのだろうか。

君といた時間だったからだろうか？

いや、それは正確にはわからない。

二度と逢うことができないからか？　ただそれだけで、それ以上のものが迫り来たり、襲われることはないのに……。そう、それ以下のものもないのだ。

そこは湘南のちいさな海辺で、猫のひたいほどの湾があり、湾のほぼ真ん中に、そのホテルはあった。

お伽噺《とぎばなし》のタイトルのような名前だった。

〝逗子なぎさホテル〟

木造二階建てで、三十にも満たない部屋数のホテルに、古くからの従業員たちがのんびり働いていた。

ホテルの存在を知ったのは偶然だった。

そのちいさな湾の、ちいさな砂浜に座り、若い私は、この先どうやって生きたらよいのかと考えながら、不良らしく缶ビールを飲んでいた。隣に老人が座った。

「いや今日の海は、秋の終わりにしてはなかなかのもんですね。海辺で飲む昼間のビールの味は最高でしょう」

「ああすみません、昼間っから」

「いいんですよ。そんな気分の日だってあるでしょうよ、男には」

「は、はい」

それから七年の間、そのホテルで世話になった。小説を書こうとしていた。従業員の皆で、この不良を見守ってくれた。

部屋代がなかなか払えない若者に、旅に出ると言うと、旅先の酒代まで貸してくれた。

はたして自分に小説というものが書けるのか。書く力があるのか。何より書かせようとする運命があるのか。

みっつの小説誌の新人応募に作品を送り、すべて落選した。わずかに一誌だけ最終予選を通過した。それでも大正副読本以前の作品と貶《けな》され、やはり田舎へ帰ろうと思った。

最終に残った作品が小説誌に載ることになり、そこからあと二年と小説家を目指した。

実力もなかったが、カネもなかった。

さまざまなところからカネを借り、何とか暮らし続けた。

何度も投げ出し、憤怒する不良に、のちに妻となる女性は女優の卵として少しずつ成長し、不良文士にいつも笑顔で接し、勇気を与えようとした。

他人の恩に慣れなかった不良と、世間知らずの女の子が、それでも波の音を聞きながら懸命に踏ん張った。

何もかもが、人の温もりの中で抱擁されていただけの日々と、時間だった。

そうして、それはたしかに、君のいた時間であった。

そんな日々を思い出させてくれた桑田さんにぜひ感謝の気持ちを伝えたい。

ありがとう、あなたのお陰で、少し私は大人になったようです。

それでも今は、彼女が若くして亡くなったことを三十年も前のように、憤ったり、嘆いたりはしなくなった。

時間のせいでしょう。と言ってしまえば終わるが、人間は変わっていかねば、時代に適応し生きていけないのだろう。

それでも時折、ノボの不在に気付いて、肩を落とす時間がいまだに続いている。

しかしノボの不在以前から、すべてやってくれていたのは仙台の家人、妻である。この人が信仰の篤いキリスト信徒だった。私は、二十年かけて旅したヨーロッパでの物事の考え方をいろいろ教わることになった。

3・11の大地震の折もそうである。

——神様はいつもそばにいて下さる。

意味がわかるまで随分と時間がかかった。人間はどうしようもなく弱い。それでいて生に執拗にすがる。それでも私が何とか歩いているのは、仙台の家を支える人たちがいるからであり、田舎で生きている母が、私を見つめているからである。大人の男と言うが、そんな人はいるのか？　ノボのいた時間も不在の後の時間もすべて、彼女たちが救いの手を差しのべていたからだ。

本当にありがとう。

終わりに――君のいた時間

君は覚えているだろうか。

私が初めて君の瞳を見た時のことを。やけに身体の大きい、私という人間のまなざしを。

私たちは見つめ合い、仔犬の君は鼻を鳴らして、私の身体に近寄ってきた。

……あの日、初夏を迎えた北国にはさんさんと差す陽光がきらめいていた。

君のちいさな身体を妻の手のひらに戻すと、君は少し小首をかしげて、私を見返した。

その仕草は、私が好きな、君の得意な仕草だった。

人間だって、初めての出逢いはときめくものだけど、私は君が初めて我が家にあらわれた時のことを、今でもずっと覚えている。

周囲をキョロキョロとする、怖気づいて見える表情に、「大丈夫だよ。ここは大丈夫」と囁いてやりたかった。

クレマチスの花が開花し、風がまぶしかった。

初めまして　飼い主です　クレマチス

二〇〇三年五月二十日

ノボに初めて詠んだ句である。

今でも、ノボが来た日のことは忘れないが、生家で飼っていた犬たちと違うということを家内が口にした。

私は何のことかよくわからなかった。

「いいですか？　犬たちには家の中で、偉い、強いの順序があるのを、まず覚えてください」

家内が話をしているそばで、お手伝いのトモチャンがうなずいている。

「この家で一番偉いのは……」

「奥さん、あなたでしょう」

と私が冗談交じりに言うと、

「そうじゃなくて犬たちの中で一番はお兄チャンのアイス」

――そういうことか……。

「次がラルクですね」とトモチャンがアイスの親友で、彼女の犬の名前を言った。ラルクは尾を振っていた。

「そうして三番目が、ここが肝心で、ノボなの。だから餌をやる時も、オヤツをやる時も最初はアイスに、次はラルクに、ノボは最後にする。その順序を守ってね」

「そういうものなのかね？」

「ハイ、そういうものです。これは絶対に守ってあげないと犬が戸惑いますから」

「戸惑う？」

「そう、食べものは彼等（全員オスでした）の必須なものですから。餌だけじゃなくて、オヤツもですよ。それから誉めてあげる時も、アイス、ラルク、ノボ、それを忘れないで」

これが大切なことはのちのちよくわかった。

それでも喰いしん坊のノボが勝手にアイスの食器に近づくと、アイスは唸り声をあげた。まだ手のひらほどの大きさのノボは怖気づき、そこから離れた。共同生活とはそういうものだった。同時に、それを守れば、逆にノボが勝手にどこかへ行くと、兄たち二匹は必死に探した。

やがて夏が来て、家の三階まで皆で上がり、花火が夜空にひろがるのを見物した。彼等の瞳にまばゆい夜空の光彩が映っていた。

不思議そうに見つめる兄さんのアイスも、弟のノボも愛らしかった。

やがて成長するにしたがって、ノボがお兄チャンたちより、走るにしても、飛び跳ねるにしても群を抜く運動神経の持ち主なのがわかった。

我が家の玄関先で子供たちがサッカーボールで遊んでいると、ノボは庭先から突進してボールを独り占めしようとした。

その姿を見ていた時、子供の一人がノボの縮れっ毛を見つめて言った。

「邪魔すんなよ。おまえどこの犬だ？　顔が縮れっ放しじゃねぇか。何だ、しょぼしょぼの犬だナ」

それでもノボは嬉しいらしく尾を振っていた。

以来、ノボの姿を見つけると、子供たちが、「オイ、しょぼしょぼがこっちを見てるぞ。またボールを独り占めされるぞ。逃げろ」と声を上げた。

ノボはうらやましそうに原っぱを駆ける子供たちを見ていた。

その頃、私はニューヨークへ行く機会が多かった。ヤンキースのゲームを観戦するためだった。お目当ては松井秀喜選手だった。

私はニューヨークのベースボールグッズの店に寄り、ノボのためにジーターの名前入りのクマの人形を買って帰った。

ノボはそのぬいぐるみが気に入り、ボロボロになるまで引きちぎり、振り回していた。

破れたぬいぐるみを家内が週に一度、針で縫い合わせていた。じっとそれを待つノボと家内の姿は、赤ん坊と母親のようだった。

今は仙台の家には、あの三匹の犬の姿はなく、家内がきちんと並べた、それぞれの写真とわずかな遺骨の入った容器の前に、ローソクが並べてある。

そのそばを一匹の猫がやさしそうな瞳をして通り過ぎる。猫には三匹の犬のそれぞれの名前の一文字で作った名前をつけた。ア・ル・ボと言う。

私は猫のそばで暮らした記憶はほとんどなく、どちらかと言えば、猫は苦手だったが、家内とお手伝いさんのアルボに対する接し方、アルボの友達の沙羅（お手伝いさんの猫）が時折、我が家で繰り広げる奇妙な友情を見つめたりする。

それでも私はずっと犬派で、特にノボに対する愛情は並外れていたように思う。

しかしペットの記憶であふれていた我が家に一匹の猫が入ってきたことで、驚くような、感動の連続にも似たものが、いつくしみが生まれた。

犬と違い、猫にはおそるべき魅力があった。それは彼、彼女等が人に対して示す毅然とした態度と、驚くほど飼い主に依らない自尊心のようなものだ。だからといって猫が犬よりすぐれているとかいうものではない。

それでも私は、この美しいブルーの毛並みをゆっくりと動かす彼女に、時折、犬には見えなかった、しなやかさや気品を感じることがある。

周囲の物々を洞察する折の、奇妙で、あいらしい表情は犬も猫も同様に、胸を打たれるところがある。

じっとしたまま、一心に対象を見つめているうしろ姿には、せつなくなるようなあいらしさがある。

アルボのうしろ姿が、ノボのそれと重なって見えた。

私はノボの、この仕草がいとおしかったのだ。

ノボにそっくりな
アルボの後ろ姿

【著者略歴】

◉1950年山口県防府市生まれ。72年立教大学文学部卒業。

◉81年短編小説『皐月』でデビュー。91年『乳房』で第12回吉川英治文学新人賞、92年『受け月』で第107回直木賞、94年『機関車先生』で第7回柴田錬三郎賞、2002年『ごろごろ』で第36回吉川英治文学賞をそれぞれ受賞。

◉16年紫綬褒章を受章。

◉作詞家として『ギンギラギンにさりげなく』『愚か者』『春の旅人』などを手がけている。

◉主な著書に『白秋』『あづま橋』『海峡』『春雷』『岬へ』『美の旅人』『羊の目』『スコアブック』『お父やんとオジさん』『浅草のおんな』『いねむり先生』『なぎさホテル』『星月夜』『ノボさん』『愚者よ、お前がいなくなって淋しくてたまらない』『琥珀の夢』『大人のカタチを語ろう。』『作家の贅沢すぎる時間』『いとまの雪』『ミチクサ先生』『読んで、旅する。旅だから出逢えた言葉 Ⅲ』『タダキ君、勉強してる?』『大人への手順』。

初出　「週刊現代」2011年3月19日号〜2022年11月12日号
単行本化にあたり抜粋、修正をしました。

N.D.C. 914.6　190p　18cm
ISBN978-4-06-530403-7

君《きみ》のいた時《じ》間《かん》　大人《おとな》の流《りゅう》儀《ぎ》Special《スペシャル》

二〇二二年一二月二日第一刷発行

著　者　伊集院静《いじゅういんしずか》

発行者　鈴木章一
発行所　株式会社講談社
東京都文京区音羽二丁目一二―二一　郵便番号一一二―八〇〇一
電　話　編集　〇三―五三九五―三四三八
販売　〇三―五三九五―四四一五
業務　〇三―五三九五―三六一五
印刷所　凸版印刷株式会社
製本所　大口製本印刷株式会社
定価はカバーに表示してあります　Printed in Japan

KODANSHA